沈黙ピラミッド

ブギーポップ・クエスチョン

上遠野浩平
Kouhei Kadono
イラスト●緒方剛志
Kouji Ogata

「だから、死神ってなんなんだよ？」
「君の考えてる通りのものさ」
BOOGIEPOP QUESTION

"最強"に出会ったときに、人生は決まった。

「強くなれ。でなきゃ死んでんのと同じだ」

「……かっこいい……」

ただ戦うために、生きようと彼女は誓った。

THE ROMANCE

THE SKETCH

ふつうに過ぎていった、あの日の空。


「私、絵を描くのって好きよ」

「あんたはなんでも好きじゃない。嫌いなものとかないの?」

「でも、好きなものが多いっていいよね。人生が明るくなりそうで」

「そ、そう?　ホントにそう思う?」

「あんたらは幸せでいいわよね——あーあ、あたしは何描いていいかわかんねーわ」

「空が綺麗よ、今日は。緑と青が映えるわ」

「うん、そうだね。ねえ?」

「ま、そんぐらいはわかるけどね……」


二度と戻らない空を、彼女は憶えていない。

自分たちは無敵だと信じていた。

「ちと、厄介かも知れないな」

「敵が見えないのは、いつものことでしょ?」

「しかし信じられんな――あり得ない話だ」

「どんな奴でも死ぬ、それが真理だからな」

「まあ、僕たちを除いて、だがね――ふふっ」

「まあな。少なくとも殺されないのは確かだ」

「どんな奴も怖くないわよね、みんな?」

三年後にも、まだ信じていられるだろうか。

THE TEAM

「――ところで、疑問ってなんだっけ?」

Design : Yoshihiko Kamabe

『沈黙しているものにこそ、
人は神秘を見出し奇蹟を求めるが、
その静寂はただ、意味がなくなり、
忘れ去られて、
語るべきものなどなにひとつ残されていないだけである』

――霧間誠一〈乾いた真実、新鮮な虚偽〉

……だいぶ後になってから、私はふと後輩の少女とした話を想い出したものだ。真面目に勉強していたはずの私たちが、どうしてかはわからないが、ふとそんな話になったのだ。たぶん昼休みか放課後の、図書室の自習コーナーで話し込んでいたのだろう。それはこんな話だった。


「でも、考えてみれば変だと思いませんか？」

「なにがよ？」

「どうして殺し屋とか、死神とかがかっこいいんですか？」

「いや、それはさ――なんていうか、その……クールじゃない？　なんか」

「曖昧《あいまい》な言い方ですよね、クールって。あんまり好きじゃないですね。ニヒルとかもそうですけど――」

「でもあんた、結構そういうタイプじゃないの。クールっぽいところあるわよ」

「え？　なんですかそれ」

少なくとも、彼女はそう言われるのが嫌いではなかった。単純だったのだ、あのメロー・イエローは。

「だって——あんたってスゴイ頭いいのに、それをひけらかさないじゃん。クールに見えるわよ」

「先輩、なに馬鹿なこと言ってんですか。わたしなんかを頭いいとか言ってたら、受験に失敗しますよ。こないだの模試はどうだったんです？」

「うー、そんなこと言わないでよ——気にしてんだから」

「まあ、人間というのは気にする生き物なんですよ。でも死神っていうのは、もしかすると、そういうのから自由な感じがするのかも知れませんね」

「は？　なにそれ？」

「だから——人は誰でもあれこれ気にして生きてるじゃないですか。学校や仕事がつまらない、試験の成績が悪い、友達とうまくいかない、家族がうとましい——ぐしゃぐしゃと、あれこれ気に病んでいる訳ですよね」

「まあね、そりゃそうね」

「その中でも、特に気になる癖に、でも実感としてはどうしても捉えられないことが、たぶん〝死ぬこと〟なんですよ。自分が死ぬとか、親しい人が死ぬとか、誰でもいつかは死ぬんだって、そういうことは知ってはいるけど、でもよくわからないといえば、わからない——死んだらどうなるのか、生きてる人間にはわからないんですよ」

「……そりゃそうね」

「とっても気になるけど、でもいくら気にしても、どんなに考えても答えなんか絶対に出ない——究極の疑問ですよね。でも死神なら、そんなことは全然不思議とは思わないでしょう。そのためにいるんだろうから。だから自由。そのことを全然考えない存在。それなら他のあれこれの、この世にあふれかえっている数々の悩みからも、きっと自由なんじゃないかって、勝手にそう思う——そんなところじゃないですか。死神がカッコイイっていうのは」

「自由、ねえ——だからクールって感じなの？」

「いや、ですからわたしはその言葉も好きじゃないですから、わかんないですよ。でもクールな印象っていうのは、周囲から少し切り離されて、超然としているって感じなんでしょう？だったら確かに、死神っていうのはその通りなんだとは思いますけど」

「え？　どういうこと」

「死神が神様のひとりだったとして——天上界にいるわけでもなく、不完全な人間の領域にいて、しかもあの世とこの世の間でふらふらしている存在なんでしょう？　天国でも地獄でもない、その狭間《はざま》にいて、人々の決定的な運命を握っている癖に、誰にもその存在は感謝されない、不吉な存在ということになっている——どこにもいられない、って感じじゃないですか、これ」

「うわ、なんかそういう言い方だと、ちょっと可哀想《かわいそう》っぽいんだけど」

「そんなこと言っても、いざ自分のところに死神が来たら誰だって嫌がるんじゃないですか?」

「まあ、そりゃそうだけどね――」

これに関しては、メローイエローには異論があるだろう。彼女はずっと死神との対面を心待ちにしていたのだから。彼女は果たして、死神に出会えたのだろうか。

「でも人間誰だって、嫌なことやつらいことがあるわけですよ。そういうときには大抵、もう死んじゃいたい、みたいなことを言ったり考えたりするわけですよね。そのときにはもしかしたら、死神というのはある意味では救い主、みたいなことにもなるのかも知れない――ちょっと怖い考え方ですけどね」

「……はあ、なるほどね――しかし、あんたってほんとに、こういうことになると頭が回るわよねえ。みんながあんたのことを〝博士〟って呼ぶ理由がよくわかるわ」

「やめてくださいよ先輩。その綽名《あだな》、嫌いなんですから――」

「じゃあさじゃあさ、死神があんたんところに来てさ、そんでもって〝どうも末真《すえま》博士〟って言われたらあんた、怖がる? それとも怒る?」

「なんなんですか、その質問――訳わかりませんよ。だいたい死神が人間を区別するのに、いちいち名前で認識してるとはとても思えないですけどね。戸籍でも見るんですか？　役所じゃないんですから」

「じゃあ、どんなのだったら自然だと思う？」

「自然って――そもそも死神なんて発想が幻想的なんですけどね……まあ、魂の形とか、色彩とかが人それぞれで違うんじゃないですか。蠟燭《ろうそく》の炎、とかに喩《たと》えられたりしますけど、まあそんな風なものが」

「魂の色、かあ。うーん、あんたって詩人ねえ」

「だってつまらないじゃないですか。死神が人間と同じことしかわからないなんて。せっかくそういう突拍子もないもののことを想うんだったら、どういうことがわかるのかな、とか考えた方が面白いですよ」

「どんなのが選ばれるんだろ。やっぱりある訳よね。死ぬ人の条件、みたいなものが。死神に眼を付けられる魂って、どんなのだと思う？」


少なくとも、それは罪の有無ではないのだろう。それだったら私は、絶対に選ばれているはずだからだ。私が犯してしまった罪はきっと、とても重いものだったはずだからだ。しかし私はまだ、こうして生きている。メロー・イエローが今も生きているのかどうかは、私にはもう知る術はないけれど。

「あの、この話もうやめませんか。馬鹿馬鹿しいですよ」

「あんたが話を広げたんじゃない。ねえいいでしょ。あんたの考えを聞きたいのよ」

「うーん……わたしって、そういう話をしては、みんなに気味悪がられてるんですよ」

「あら、それは違うわよ。みんな感心してるのよ。すごい発想だなあ、って」

「そうですかねえ——先輩、あれって知ってますか。ブギーポップ、とかいうの」

「ああ、そうよ。あれだって死神の話じゃない。あの噂《うわさ》もだいぶ前からあるわよね。あれも都市伝説ってヤツになるのかしら？」

「わたし、この前やっと知ったんですよ。誰も教えてくれなくて」

「ええ？　そうなの？　でも無理ないんじゃない？　まさかあんたが知らないとは誰も思わないわよ」

「なんか、仲間外れにされてたみたいで寂しかったんですよ」

「あはは。そりゃおかしいわね」

「悲しいですよ、ほんと。ブギーポップとかがホントにいるなら、文句言ってやりたいですよ」

「あれって、ほら——その人がもっとも美しいときに、それ以上醜《みにく》くなる前に殺す——って、たしかそんな話でしょ。美少年の姿をしてるとか、色々言われてるわよね。ブギーポップはどんなことを感じて、その人を選ぶと思う？」

「うーん、だから……」

彼女はここで少し考え込んだ。でもすぐに、はっきりとした口調で断定するように、言った。

「美しいっていうのが魂のことであるなら、それは単に外見的なことじゃなくて、充実感とか、達成感みたいなことに関係しているんでしょうから——でも、その達成がその先に進むべきじゃない人、とか……世界でたったひとり、とてもとても高い境地に達しても、他の誰もその人にはついていけないところに行ってしまった人を——そう、世界がその人を排除しようとするその前に、夢が崩れ去る寸前に殺してくれる——そんなところじゃないでしょうかね」

「……え、えと？」

私にはそのとき、彼女が何を言っているのかいまいちよくわからなかった。でも、今ならわかるような気がする。

人は……ほとんどの人は一生かかっても、上にも下にも行けない。ものすごい達成感とか、どうしようもない絶望とか、そういった上下の起伏のどちらでもないような、中途半端なところをふらふらして、一生を終えるのだ。歴史に名前が残っている人とか、スポーツの世界大会なんかで優勝するような人たちなら、あるいはそういうものを経験しているのかも知れない。でもそんな人たちはごく少数だ。私たちにそんなのは無理だ。

私たちはみんな、階段を上っている……そして上の階に行き着く前に終わる。でも下の階に戻ることもできない。一方通行なのだ。ずっとずっと、中二階《メザニーン》みたいなところで足踏みし続けている——それが私たちの、人生。

だから死神がいるかも知れないって想う。

そういう中途半端な宙ぶらりんから、私たちを解放してくれるかも知れない、って——でも、今ならわかる。

死神は、そんなことはしない。

死神はただ、ひとりだけ上に飛び出してしまった者を、世界の敵とみなして殺すだけなのだ。

そして疑問には、決して答えてはくれない——。

ブギーポップ・クエスチョン

沈黙ピラミッド

BOOGIEPOP QUESTION

THE PYRAMID IN SILENCE

?

Question

1

『死神ってなんですか？』

（ヒント）あまり真面目に考えないように。

1.

街を見おろすような位置にある、ひときわ高いそのビルの屋上に、ちっこい塊《かたまり》のような人影がひとつ、丸まるようにして座り込んでいた。

「……むわ、むわわ」

もぞもぞと動く唇《くちびる》から、意味不明の言葉とも呻《うめ》きともつかない声が漏《も》れている。

小さな子供としか思えない背丈であるが、しかしその目つきが幼児にしては怪しすぎる。鋭すぎて、暗すぎる。

ぼさぼさに無造作に伸びた長い髪は、まるで身体に絡みついている蔦《つた》のようだ。

「むわわ……おわ」

奇妙な音ばかりが、辺りに拡散していく。

メロー・イエロー。

それがこの変なヤツの名前だった。

一応、生物学的な性別は女性ということになるのだろうが、そんなものはあまり意味のない分類だった。彼女を定めている規定は別にある。

統和機構《とうわきこう》の戦闘用合成人間――しかも〝スーパービルド〟と呼ばれる部類の、仲間たちからも《》あまり好かれていない存在。

煤《すす》けた色の、大人用のハーフコートを、ほとんど裾《すそ》を引きずるようにして着ているのが、子供の体格としては似合っていないのだが、しかし彼女の異様な風貌《ふうぼう》では他の何を着てもきっと似合わないだろうと思われることから言えば、似合っていた。

「むむう、むわ……」

メロー・イエローはぼんやりとしていた。貯水タンクに座り込んで、頭上には空しかない風景の中でひとり、といって寂しそうでもなく。

むわ、むわわ、とその口元が時々動く以外は、じっと動かずにぼんやりとしている。

その様子は、ちょうど釣り人のようだった。糸を水面に垂らしたまま、じっと魚が掛かるのを待っている——そんな感じであった。

やがてその眼が、ぎらりと光ったかと思うと、口元がきゅうっ、と吊り上がって、

「——にいっ……」

と笑った。

「……来た、出しやがった……我慢できなくなりやがったか——間抜けめ……」

けくくく、と奇怪な笑い声がその小さな口から漏れる。

彼女の待機がなんのためのものだったにせよ、それが今終わったのは確かなようだった。垂らしていた釣り針に獲物が掛かったのだ。

ぴゅう、と風が吹いた。その空気の流れが屋上を通り過ぎていくその間に、メロー・イエローの姿はその場から消えていた。

＊

「だってさ、信じられる？　よりによって、よ——」

ここは駅前の、通りに半分はみ出しているオープンカフェの一席である。

「下駄箱よ？　下駄箱にラブレターって、今はいったい何時代だって感じしない？　んなアナクロなやり方でいいなんて、そりゃわかんないわよぉ——」

私は、だはあ、と息を大きく吐《は》くとテーブルの上に突っ伏した。

向かい側の席に座っている時枝《ときえ》は、

「まあまあ睦《むつ》ちゃん、もう一年近く前の話でしょ、それって。いつまでも気にしてないで、さ」

となだめようとしてきたけど、私はさらに口を尖《とが》らせて、

「忘れてたわよ、ずっと。受験でそれどころじゃなかったしさ——そのぶん、どっ、と来たのよ。志望校にも落ちて、私何やってたんだろって思って——ああ、もう！　思えばあれからずっとケチがついていたんだわ。私みたいなフラレ虫はしょせん、何やってもうまくいかないの

よぉ――」

ばたばたとテーブルの下で足を動かして、ほんとに虫みたいだな、と私は思った。

「でもさ、結局その――なんつったっけ、彼」

「竹田《たけだ》くんよ。竹田啓司《けいじ》くん――ああ、なんか名前を言うのもすっごい久しぶりな気がするわ」

口に出すと、その名はなんだか少しちくちくするような響きがあるなあ、と感じた。なんとなくだけど。

「その彼に、睦ちゃんが告白したわけでもないんでしょ。ただ彼に彼女ができたんで、興味がなくなったってだけの話じゃなかったの？」

そう言われて、私はうぐっ、とかすかに呻《うめ》き声を出してしまった。痛いところをつかれた。

私の名前は館川睦美《たてかわむつみ》。そしてこの私につっこみを入れてくるのは小守《こもり》時枝である。

通っていた高校こそ違っていたが、私たち二人は小学校のときからの親友なので、お互いのことはほとんど知っているのだった。

この春、二人とも高校を卒業して、来月からは大学に通うことになっている。県立の癖にそこその進学校という変な高校に通っていた私は、第一志望に落ちたとはいえ、それなりにいい大学に受かったので浪人せずにそっちに進むことになり、時枝の方は私大付属校からそのままエスカレーター式の大学進学である。まあ、ちょっとねたましい。

だから今は、二人ともいわば無所属の、中途半端な社会的立場にある。学生でもなく、といって無職でもなく——浮き草のような存在である。

で、受験を終えた私がやっとヒマになったので、今日は二人で遊ぼうといって街に出てきたものの、結局どこに行くでもなく、ただおしゃべりばかりして時間が過ぎていく。

「そもそも、その竹田くんって子は何が良かったのよ? 睦ちゃん、それももう思い出せないんじゃないの」

「な、なによ。失礼ね。私がそんなに軽い女だと思ってるわけ? え、えーと、だから……竹田くんはなんか前向きな感じで格好良くて、でも気取ったところがなくて、あまり皆とつるまないで一人でいることが多くて、えと、あとは、その……」

言いながら、だんだん声が尻つぼみになっていく。自分でも頭がぐちゃぐちゃになっていくのがわかった。整理していないことを考えようとしても、そうそううまく言葉にならないのだ。

時枝はそんな睦美をしれーっとした眼で見ていたが、にたにたとした笑みを浮かべはじめた。

「な、なによその嫌な笑い方は」

「いや、その竹田くんとやらの彼女も災難だなって、そう思ってね——まさか彼氏の昔のクラスメートに、身に覚えのない理由で恨まれて、それも大した根拠のない、ただの憂さ晴らしだっていうんだから——ねえ?」

「なによ、あんたはどっちの味方なのよ」

私は頬《ふく》を膨らませて、むくれてみせた。

「親友の私じゃなくて、宮下藤花《みやしたとうか》の肩を持つわけ？」

「誰よ、宮下って？」

「だから、その下駄箱娘よ」

「なんでフルネームを覚えてんのよ？　そんなに敵視しなくてもいいじゃない――」

ちょっと呆《あき》れた顔になった時枝はなんとなく空を見上げて、ふいに「あ」と声を上げた。

そして携帯電話を取り出すと、空に向かって内蔵カメラのレンズを向けて、何度か撮影した。

「なになに、何撮ったの？」

「いや、雲が面白い形で、ビルといい感じに重なってたから――もう変わっちゃったけど」

時枝はそう言いながら、街灯の上に鳥がとまっているのを見つけて、それも撮影した。動作にためらいがなく、構図もしっかりと取っている。

「相変わらず、よく撮ってるんだ」

「まあ、退屈しのぎにね――睦ちゃんと違って、受験もなかったし」

「時枝ってさあ、不思議な眼を持ってるわよね。観察眼っていうのかしら。普通に生活してるだけだとわかんないような、ちょっとしたキラメキを発見できるんだもんね」

私はそう言いつつ、時枝の携帯に手を伸ばした。

「ちょっと見せてよ」

「ええ、恥ずかしいわよ——」

「いいじゃない。減るもんじゃなし」

私たちはじゃれあうようにして携帯を取り合ったが、やがて強奪に成功した。

「ねえ、勘弁《かんべん》してよ」

そう言いながらなおも手を伸ばしてくる時枝に背を向けながら、私は彼女の撮影した写真たちを次々と見た。

（——うわ）

見ながら、心の中で感嘆の声を上げていた。それらはどれも、プロ並みの見事さにしか思えなかったのだ。

街のささやかな風景が切り取られて、その前に起きたことや、これから起きるであろうことがなんとなくわかるような、そういう写真ばかりだった。小さな子供がこちらに背中を向けて、空を見上げているだけの写真など、その子が迷子《まいご》で困り果てていることまで想像できた。次の写真ではその子が母親に怒られている風景が映っていて、ホッとしたりした——心が動く写真なのだ。

（——やっぱり、時枝は才能があるんだわ……）

私はあらためて、しみじみとそう思った。前からそのことはなんとなくわかっていたが、こうしてはっきりと目の前にあると、それを痛感する。その気持ちの中には軽い嫉妬《しっと》があった。

ふいに、竹田くんが私たち二人を見たらどっちを好ましいと思うだろうか、という考えが起こって、自分でもとまどってしまった。

(やっぱりデザイナー志望の竹田くんだったら、センスのいい時枝の方がいいのかしら……いやいや、なに考えてんの、私は——)

思いながらも、写真を見るのをやめられない。はっきりと私は、時枝の写真に惹《ひ》かれていたのだった。

「ねえ、もういいでしょ。なんか落ち着かないのよ——」

時枝が半ば哀願するような調子で言いかけたとき、私は、

「あれ？　なにこれ？」

と声を上げた。そして液晶画面に映し出された写真を時枝に見せて、

「ねえ、これってなんなの？」

と訊《き》いた。しかし写真を見せられた時枝の方はなんだかわからなくて、

「ええ？　なにが」

と逆に訊き返してきた。

それは、夕焼け空にそびえ立つ送電線塔の写真だった。三つ並んで、まるで太古の遺跡のようにも見える不思議な雰囲気があって……私はその隅の一点を指差して、

「これこれ、ここよ——ここに変なヤツがいるわ」

と言った。そこからはなにか、筒《つつ》のようなものが立っていた。塔の、かなり上の方に引っかかっている影……それは、陽射しの方向からはあり得ない角度に突き出していた。

「ほらほら、ここに……そう、腰掛けてるわよ」

私は興奮していた。しかし撮影した当の本人である時枝は全然ピンと来てなくて、

「ええと……?」

と首を傾げている。私はじれったくなって、身をよじって、

「だからさ——これってあれじゃない? ほらあの、噂の」

と、ややうわずった声で、その単語を口にした。

「——〝ブギーポップ〟っていう、例のアレ」

＊

(——————!)

少し離れた道を歩いていた男が、睦美が発したその単語を耳にして、その足を停めて振り返った。

(今——確かにあの名前を言ったぞ、あの娘が——)

男はきびすを返して、睦美と時枝の方に歩み寄ろうとした。だがその足がぴたり、と停まった。

二人のところに、一人の少年が近寄っていくのが見えたのだ。

(ちっ——二人ならまだしも、三人だと厄介《やっかい》だな)

男は目立たないところに身を置いて、好機を待つことにした。

*

「あれ、館川さん? 館川さんじゃないか」

後ろから少年の声で呼びかけられたので、私は振り返った。

そこにはニコニコしている男の子が立っていた。私と同年代のようだ。どこかで見たような気もする。

「えと——」

と私が眉《まゆ》をひそめると、横の時枝が嬉しそうに、

「あれ、ひさしぶりねぇ!」

と言ったので、ぼんやりと想い出した。

「あ、あー……そっか」

たしか中学の時のクラスメートの男子だ。しかしどうにも印象が薄く、名前が出てこなかっ

た。

「ひどいな、忘れちゃったのかい。真下《ましも》だよ。真下幹也《みきや》」

彼は苦笑しながら、そう名乗った。

2.

小守時枝は、ひさしぶりに会った真下幹也の、彼女の親友を見る彼の眼を見て、ああ、やっぱり——と思っていた。

（幹也くんは、睦ちゃんが好きなんだわ、今でも——）

三人が同じクラスだったときから、幹也が睦美を見つめる眼が他の人相手とは違うことが、時枝にはわかっていた。なぜなら彼女も、彼のことばかり見ていたからだ。

「ああ、そうそう——真下だぁ。なによ、あんたどうしてたの？　噂ぜんぜん聞かなかったけど」

睦美が無神経なことを言うと、幹也は、

「なんだよそれ。別にどうもしてないよ。ふつうだったよ」

ちょっと怒ったような顔になったが、すぐに笑顔に戻って、

「なんか楽しそうだけど、何話してたの？」

と訊いてきた。すると睦美は、ああ、とうなずいて、

「そうそう、あんたもこれ見てよ。これ時枝が撮ったんだけどさ」

と言って、問題の写真を見せた。

「ここにヘンなのが映っているでしょ？　これってなんだと思う？」

「え？　なんかいるの？　気のせいじゃないのかな……」

幹也が困惑したように言うと、睦美は眉を寄せて、

「いるわよ！　ほら！　ブギーポップが！」

とやや大きな声を上げてしまって、はっ、と我に返って頬を赤くした。

「だ、だからさ……」

と弁解しようとする睦美に、だが幹也はキョトンとした顔で、

「ぶぎーぽっぷ、って何？」

と訊き返した。すると、ああ、と時枝がうなずいた。

「そっか、あの噂ってほとんど女の子の間だけで伝わっているんだっけ」

「え？　そうなの？　なんで」

睦美はきょとんとした。

「いや、なんで、って言われても――」

「だから、なんの話なんだい？」

三人の話は、どこか噛《か》み合わない。睦美がイラついて、

「ああもう、真下。あんたちょっとそこに座りなさいよ」

と彼をカフェの席に座らせて話をしようとする。するとめざとく店員がやってきて、

「そちらのご注文は?」

と訊いてきたので、幹也はあいまいに「ええと、アイスコーヒー」と頼んで、なんとなく三人は一緒のグループっぽい感じになっていた。

「いいからちゃんと聞いてよ。ブギーポップっていうのはさ――」


それはいつでも、どこにでも現れるという。

人がもっとも美しいときに、少しでも醜くなる寸前に、その人を殺すという。

現れるとすぐに、目的を果たして、そしてふたたび消えてしまうという――不気味な泡。

死神。それは天使なのか悪魔なのか、いずれにしても人に死をもたらすもの。

それがブギーポップ。

人の口の端に上ることはあっても、おそらくは一度たりとも、深く語られたことはないであろう……ただ伝説だけが、まるで黄昏時《たそがれどき》の影のように厚みを欠いて、しかしひたすらに濃く、べったりと溶け込むようにして世界にへばりついているのだ――。

「……へえ、そんな噂があるのか」

「で、私はこの怪しい影がそれじゃないかって感じたわけよ」

「でも、噂だろう？　ホントにいるはずないんじゃ――」

「別に何もかも噂の通りだとは思わないけど、でもさ、噂ってのはその元になった者がいるから出てくるものでしょ？　この写真を見て、私はなんかこう、ピンと来たのよ」

睦美はやたらに力説をする。彼女はすぐにムキになる癖《くせ》があるのだ。

「うーん」

「ほら睦ちゃん、幹也くん、困ってるじゃないの」

「なによ時枝、第一あんたが撮ったんでしょ。どうしてこれを撮ろうと思ったのよ？」

「いや、どうしてって言われても――なんか綺麗《きれい》だな、って思っただけで……」

「それだけでいいんじゃないのかな、この写真は」

「……なによ、二人揃って私をいじめる気ね。どうせそうよ、私みたいなフラレ虫はみんなから無視される運命にあるんだわ」

「フラレ虫？」

「い、いやなんでもないのよ幹也くん。睦ちゃんたら、その話はいいでしょう、もう」

時枝はなぜか焦り気味にそう言ってしまった。しかし睦美は返事をせずに、幹也のことをじろり、と睨《にら》みつけて、

「真下、だからあんたは駄目なのよ」

といきなり言った。

「駄目……って何が」

「駄目は駄目よ。あんたはホントに昔からハッキリしないヤツだったわよね。言いたいことがあるんだか、ないんだか——しょっちゅうモジモジしてたじゃない。なに、あの頃のあんたは、私に言いたいことでもあったの？」

「え？」

言われて、幹也の顔が少し赤くなってきた。そして口がもごもご動く。それを見て、時枝はほとんど反射的に、

「ね、ねえ真下くん？　今日、ヒマかしら？」

と大きめの声を出していた。

「え？　いや、今日は特に予定はないけど……」

「よーし、それなら行こうよ！」

勢いよく言いながら、時枝は立ち上がった。

「え？　どこに？」

「その鉄塔のところに、よ。だって気になるなら、実際に行って見ればいいのよ。景色としては悪くないから、行っても損はしないわ、うん！」

自分で言いながら、ああ、何言ってんだ私、と焦ってしまうが、しかしとにかく話の流れを変えたかったのだから仕方がない。

すると幹也は、ははっ、と軽く笑って、

「変わってないねえ、小守さんは。昔からそういうところ、あったよね。思いも寄らないところに魅力を見つけたりするって感じ」

と感心したように言った。

「わかったよ。行ってもいいよ」

「ちょっと、なに勝手に二人で話進めてんのよ」

睦美はふくれっ面になったが、すぐに微笑んで、

「まあ、確かに手っ取り早いわね。このすっきりしない感じを打開するには悪くない考えだわ」

と、うなずいた。

*

三人が移動を開始すると、物陰からその様子をうかがっていた男も動き出した。

(これは好都合だな——自分たちから問題の地点に案内してくれるらしい……)

男は心の中でほくそ笑んでいた。

まさかあの三人は、自分たちが悪夢への門を開けてしまったとは夢にも思っていまい。それは日常生活のどこにでも潜んでいて、隙あらば誰でも引きずり込んでしまう闇へ続く深淵なのだ。

（そうとも——俺《おれ》たちのように、世界の裏側を知っていると思っていてさえ、落とし穴に塡《はま》ってしまうことがあるのだからな——）

三人組が仲良く、わいわいと話しながら通りに出て、問題の送電線塔の近くに向かうバスに乗り込むのを確認すると、男はその身を翻《ひるがえ》した。

人通りのない路地に入ると、面した壁に足をかけて、そして跳躍した。反対側の壁に到達すると、そこも蹴り上がる。

その脚力は常人を遙かに凌《しの》いで、彼はあっという間に建物の屋上まで登ってしまった。

そして、次の建物の屋上へと跳び、さらに跳んでいく——まるでバッタのようだった。昆虫はその身体の小ささに比べて信じられない跳躍力を持つが、男は人間の姿をしていながら、それと同等の能力を持っているかのようだった。

彼の名はダウン・ロデオ。

統和機構によって造られた戦闘用合成人間の一人である。密かに、だが強大な力と共に世界の裏側に存在する形なき巨大なシステム、統和機構。その目的のひとつは、ＭＰＬＳと称される特殊な能力に目覚めた人間を危険な〝人類の敵〟として排除する——殺すことにあったが、ロデオもそのために生み出された存在であった。MPLSを探し出して、これを狩るハンターとして創《つく》り出されたはずだった。

しかし今は——彼は逃亡者だった。

彼と仲間たちが任務を遂行している途中に起きた、三年前のとある事件が、彼を統和機構から追われる身へと変えてしまったのだ。

統和機構が今でも〝セピア・ステイン〟という名と共に警戒し続けている、あのおぞましい事件が彼と仲間たちの運命をすっかり変えてしまったのだった。

(あのとき……一人だけ生き残ったブーメランは、彼女は確かに〝ブギーポップ〟と言っていた——そう、俺はその言葉を聞いた。彼女が後から、その意味を思い出せなくなっても、俺とフィクスが〝その単語〟を聞いたのは間違いないんだ。ブギーポップという存在が、俺たち三人の運命に深く関わっている——だから、見つけなければ……)

＊

「えーと、だから何？　ブギーポップっていうのは、あれは誰が言い出したのかしら？」

私はバスの中で、時枝に向かって訊《たず》ねた。バスは春休みのせいでガラガラで、時枝は席に座っているけど、私と真下はなんとなく立ってて、彼女を見おろす形になっている。

「うちの学校から？　噂が出てきたのって」

「えー、どうだったんだろ……こっちでもけっこう、前からあったと思うけど——」

時枝は考えるみたいな顔をしたけど、彼女の唇がわずかに、ぷるぷる、と震えているので、答えは出ないのだとわかった。それは彼女の頭が空回りしているときの癖なのだ。自分ではぜんぜんわかっていないみたいなのだが、私はもう何度もその癖に遭遇《そうぐう》しているので、無駄なことはしない。この話は終わりである。

「ま、それはそれとして——真下？」

私は横でぽけっと突っ立っている元クラスメートに顔を向けた。

「なんだい？」

どうしてこいつは意味もなくニコニコしているのかと思う。中学の時も、何が楽しいんだか、なんかやたらと微笑んでいたような気がする。

「あんたたち男子は、全然この話を聞いていなかったらしいけど、今、知ってどう思ったのかしら？」

「えーと、そうだね……気味の悪い話ではあるけど、なんか楽しげに噂されてる感じだよね。そこが不思議だよ」

とぼけたような口調で言う、なんだかこいつの方がよっぽど不思議くんみたいな感じだ。

「こういった噂っていうのは、別に誰かが言い始めるとか、そういうもんじゃないって思うよ。あれこれ後から後から話がくっついていって、イメージができあがるんだからさ」

したり顔で語りだしたので、私は少しカチンと来て、

「なに〝自分は頭がいいだろ〟って風に話してんのよ。そんなことはわかってんのよ。あんたがどう思ったかって訊いてるのよ」

と言った。すると時枝があわてたように、

「睦ちゃん、そんな言い方しなくてもいいでしょ」

と彼をフォローするみたいな口調で言った。まあこういう穏やかなところが、時枝なんだけど。でも真下のヤツはそんな時枝の優しい心遣いなんて無視するように、軽い態度で、

「ははは。ごめんごめん。でも、そうだね……正直、怖い感じがするよ。なんでそんなもの、わざわざ面白がって話をするのかって」

と適当なことを言った。

「僕は、殺されたくないなあ」

「あのね……そういうことじゃないでしょ」

そういえば真下と会話をしてると、こういう風に変に脱力することが多かったな、と私は中学の頃のことを想い出していた。

（そうそう、こんな風に時枝と私がいるところに、コイツもなんか一緒にいることが多かった

わね――なんか懐《なつ》かしい、かも）

　私はなんだか、少しくすぐったいような気がした。まだ中学生のままの私たちのようで、ついこの前、高校生活の三年をかけた受験に失敗したばかりだというのに、まるでそんなことがなかったような、不思議な気持ちがした。

「でもどうして、館川さんはそんなにブギーポップの謎を解きたいんだい」

「へ？　い、いや――そんなに、ってほどでもないけど……」

　私は少しもじもじとした。単に勢いに任せて来てしまっただけで、別にブギーポップそのものにはそんなに執着《しゅうちゃく》していないのである。

（でもさっきの流れだったら、引っ込んじゃったら私の負けみたいだったし……）

　そんな内心はもちろん、言えるはずもなく、

「謎を解くとか、そういうんじゃないのよ。ただ変なものを見つけたのに、そのままにしておくと気分が悪いって話で――だってせっかく時枝が綺麗な写真を撮ったのに、なんか心霊写真もどきって感じになるのも嫌でしょう？」

「え？　いや私は、そんなことは」

　時枝がそう言いかけたので、私はあわてて彼女の肩に手を置いて、

「駄目よ、そんないい加減じゃ。あんたは才能あるんだから。もっと自覚しなさいよ」

　と少しムキになって言った。ごまかしてるのも確かだけど、でも本音でもあった。

「そ、そんなあ――」

時枝は困った顔になる。また彼女がそういう顔をすると実に可愛《かわい》いので、ますます私はその気にさせられてしまう。

「いやもう、これはしょうがないのよ。確かめないとホントに。もうあきらめなさい」

このとき私は、やたらに力強く断定していた。

……後になって、私は考えてしまう。あの時点で私は、そこに行こうと言い出した時枝の本当の気持ちに気づいてあげるべきだったのではないか、と。ただ言葉通りにこのことその場所に出掛けるべきではなかったのではないか、と――しかし一方で、どんな風にしても無駄だったかも知れない、とも思う。

運命はこのとき、とっくの昔に動き出していて、どう転んでも私たちに行き先はなかったのかも知れない、と――しかし、少なくとも、このとき私たちがその場所に行かなかったら、出会うことはなかったのだ。

あの変なヤツに――統和機構戦闘用合成人間、メロー・イエローに。

?

Question

2

『生死ってなんですか?』

(ヒント)経験者に訊きたくても無理です。

1.

——三年前のことである。

朝焼けが周囲を照らす、半分は山の緑に埋もれるように造営されている墓地の中を、二人の男が焦った様子で走っていた。

「ほんとうにこっちだったのか？」

「間違いない。異様な熱反応があった！」

二人の走る速さは常人のそれを大きく凌駕《りょうが》していたが、それでも彼らにとってはその場所に着くのが遅すぎると感じていた。二人は森の小枝で擦《す》れて全身擦り傷だらけになっていたが、まったく意に介していなかった。それほど焦っていた。

やがて彼らは、森の中にぽっかりと開けた場所に出た。

「……うぅっ！」

二人は同時に呻いた。

そこには二つの人影があった。

一人は女性で、地面にぐったりと力無く倒れている——その全身が血塗《ちまみ》れになっていた。身体中至るところが、斬られているというよりも、裂けているというような傷で埋め尽くされていた。それでも這《は》いずって移動したような跡が残っている。

そしてもう一人は、そこに立ちすくんでいた。微動だにしない。

動くはずもない。

そこにいるのは、もう生物ではなかった。カラカラに干涸《ひか》らびたミイラが、マネキンのように立っていたのだ。

「こ、これは――」

二人の男は茫然《ぼうぜん》としながらも、とにかく倒れている女性の方に駆け寄って、助け起こした。

うう、と女がかすかに呻き声を洩らした。

「しっかりしろ、ブーメラン！　何があったんだ？　この傷はまさか――セピアにやられたのか？」

そう呼びかけながら、男はちら、と直立したミイラに眼を向ける。その背丈、体格――それは彼らも知っている者と同じだったのだ。

「……あ、あ……」

（仲間同士で――やりあったというのか？）

女性の唇がわななき、そこから言葉が漏れだした。

「き、来た――ブギーポップが……」

三年前のことだった——。

＊

……三人組をひそかに追いかけながら、ダウン・ロデオは、

（しかし、久しぶりだな——こんな風に積極的に動くのは）

と考えていた。

そう——あの事件以来、彼らはずっと息を潜めるようにして過ごしてきたのだから。

今でもはっきりと覚えている——あんなにも美しかったブーメランが、彼女が見る影もなく全身をずたずたにされて血塗れで倒れていた、あの無惨《むざん》なる光景を。

そして——その近くにあったあの死体。本当にそうなのか、迷ってしまうぐらいにそれは変容していた。カラカラに干涸らびて、面影も残してしていなかったが、その背丈は間違いなく彼らの仲間だった男のそれだった。

セピア・ステイン——彼らのチームの中でも最強だった男が、見るも無惨なミイラに成り果てていたのだった。

……戦闘能力のないブーメランが生きていたのに、セピアが死んでいるというのは明らかに不自然であり、そのことから導かれる推論はさほど多くなかった。それに、あの彼女の身体中

の、裂けたように皮膚が内側から弾けてしまっていた傷痕《きずあと》は、あれはセピアの能力〈ストーンズ・キャスト〉の攻撃を受けた跡のようでもあったのだ。

（セピアは、暴走した已の能力で〝自滅〟した——そして、ブーメランはそれに巻き込まれた）

そうとしか思えない。だがそれは、恐ろしい推論だった。

能力の暴走——それは統和機構の合成人間たちにとって最も忌《い》まわしいものである。自分たちが倒すべきはずの相手、ＭＰＬＳと同じになってしまったとみなされて無条件で処分対象とされるからだ。自滅した本人はまだ幸せだ。しかしその仲間は——統和機構に一生狙《ねら》われ続けることになる。能力が暴走した者に〝汚染〟されていると決めつけられて。

彼らにとって、その空白の土地は呪《のろ》われた地帯であり、できる限り近寄らないようにしているのだった。だが、といってそこから離れることもできずに、今日までなんの手だてもなく、こそこそと隠れているしかなかったのだが……。

（今、あの事件の謎に関わる唯一の手掛かり、ブギーポップという言葉に近づきつつある——このチャンスを逃してはならない）

ダウン・ロデオの、そのひたひたと迫るような敵意にも気づかず、三人組は問題の場所へと接近していく……。

2.

もちろん停留所は、その送電線塔そのものの側にあるわけでもないので、私たち三人は人気のない倉庫前のバス停で降りて、そこからは歩き出した。

山に半分入りかけ、というような場所で、路面が上がったり下がったりしている。周囲には特になんにもない。倉庫らしき建物がぽつんぽつん、とそこかしらに散らばっているくらいだ。あそこにある広い空き地はバスの待機所であろうか。なんにもないのに、柵《さく》で囲まれている。

要は、舗装とかはされているのに、なんだか閑散としているのだ。

「で、時枝はどうしてこんなところを歩いていたの? どこかに行く途中だったの?」

「えーと、どうだったかなあ……あんまり意味もなく、ただ散歩してたかも。買い物帰りだった、かな」

言われてみると、この近所にはショッピングモールもある。もっともそこに人が集中してしまうせいで、その周辺はがらんとした感じになっているのだけど。私の通っていた高校からは少し遠くて、あんまりこの辺には来たことがない。

「こういう風って気持ちがいいよね」

真下が歩きながら、のんきな調子で言った。なんだかピクニックをしてるみたいな感じである。

「おぼえてるかい、二人とも。美術の時間で、写生に出たことがあったよね。あのときもこんな天気だったんだよ。結局、途中で急に雨が降ってきて、あわてて戻ったんだけど」

「そんなこと、あったっけ？」

「忘れちゃったのかい。君はなんでも忘れるなあ。僕には結構、印象的な日だったんだけど」

「はあ」

しかし細かいことをよくおぼえているものだな、と感心した。

「幹也くんは、絵を描くのがうまかったよね」

時枝が言った。なんか楽しそうである。私はもちろん真下の絵なんてぜんぜん記憶にないのに。そこで私はやっと、

（――あれ、もしかして時枝は……）

ということに気づいた。

（あれあれ、それじゃ私って、もしかしてお邪魔虫になってんの？）

これは気まずい。しかも私が二人を連れ回しているという形にもなっている。

（うー……どーしよ）

と私は考えてしまって、その足がいつの間にか停まっていた。二人に置いて行かれかけて、時枝が、

「睦ちゃん?」

と不思議そうに振り返って訊いてきたので、私はあわてて、

「う、ううん——なんでもないわ!」

私は無理に大きな声を出して、そして小走りに掛けだしていった。

「ああ、そんなに急がなくても——」

真下の声が聞こえたが、私はかまわずに、道路の起伏の、その向こう側から見えてきた鉄塔に向かって行った。

坂を上って、目の前の風景が開ける——するともう、その瞬間にはそびえ立っている。

今の今まで先っぽしか見えなかった塔が、その全貌《ぜんぼう》がふいに視界に飛び込んでくる。

どうして坂を上っていったときはろくに見えなかったのに、少し立ち位置を変えただけで塔がかくも高く見えるのか、なんだか変な気がした。まあ、単なる角度の問題なんだろうけど——私にはそのとき、地面からいきなりそれが音もなく生えたように感じたのだった。

あの写真は夕暮れを背景にしていたけど、今は真っ昼間であり、鉄塔の全体は影に隠れたりせずに丸見えである。

そして——その上の方に、なんということもなく、それがいた。

空に掛けられている電線よりもさらに上の位置、そのてっぺんのところに、普通はあり得ないものが、当然のように座っていた。

そう——てっぺんに座っていたのだ。そのちっこい身体を半ば丸めて、膝《ひざ》を組んで、頬杖《ほおづえ》をついて、その顔をこっちに向けていた。無駄に長い髪がばさばさと風になびいていたが、その中でも二つの大きな眼はまっすぐに私を見ていて、そしてその口元は——

「——にいっ」

と笑っていた。その囁《ささや》きが私の耳に聞こえてきた。

距離がある、風の音もある、それなのに私には、そいつの声がはっきりと聞こえたのだ。それがヤツの能力〈ブレス・アウェイ〉の作用によるものだということを私はすぐに知ることになる。そしてヤツは、続けて、

「あー、誰か知んないけどさ——動くと、死ぬから」

笑いながらそう言う、これが私とメロー・イエローの出会いだった。

3.

(——なんだ？　なんで立ち停まる？)

少し離れたところから睦美たちのことを監視していたダウン・ロデオは、彼女の様子を訝《いぶか》しんだ。

(行く気をなくしたのか？　気まぐれなヤツだな——いっそのこと、拷問《ごうもん》でもして……)

そう思ったとき、彼はやっと〝それ〟に気づいた。つい館川睦美の方ばかりを見ていて、うっかり見逃していたのだ——鉄塔の上にいるその怪物を。

長い髪が風にたなびいている……そしてその口元が、むわわ、と奇妙な動きをする。

(……！　あいつは——)

とっさに彼は、能力を使って防御していた。それが彼の生命を間一髪で救った。

ダウン・ロデオの〈タイアード〉——その特殊作用が目の前に迫ってきた攻撃を逸《そ》らさせた。

だが、わずかに弾いただけで消すことはできなかった——彼の頬が左右とも、ずばばっ、と音を立てて裂けた。肉が完全に割られ、奥歯が外から見えた。

「——ががっ……！」

彼は苦痛に呻きながら、身を翻した。先手を取られた、まずい——と焦りながらも相手の方を確認する。

だが——そこで我が眼を疑う。

鉄塔の上に、まだ敵は座ったままだった。

まったく変わらない姿勢で、こっちの方を見ている……。

（なんだと——あいつ、攻撃を俺に弾かれたことがわからなかったのか？）

不意打ちで攻撃されたから傷を負ったが、しかし狙撃《そげき》してくる方向がわかっていれば、防御は簡単である——てっきり相手は素早く移動し続けて、どこから撃ってくるのかわからないようにして、こっちの混乱を誘うかと思っていたのに——。

（なんで、あんな馬鹿みたいに同じ場所に居着いているんだ？　しかし——）

これはチャンスである。この好機を見逃すことはない。

彼は隠れているのをやめて、物陰から飛び出して走り出した。

もはや周囲に姿をさらしても関係ない。あの敵を倒すのが何よりも優先される——彼は、相手に接近しないと攻撃できない接近戦タイプの能力の持ち主なので、とにかく間合いを詰めるのが先だった。

すっ、と鉄塔の上の敵が指を立てて、こっちに向けた。まるで子供のピストルごっこのような姿勢で、しかしそれで撃ってきた攻撃は本物の殺傷力があった。

びゅっ、と飛来してきたその一撃を、今度は余裕を持って彼は弾き返して、完全に防御した。

跳弾《ちょうだん》した衝撃が地面にめり込むと、そこがまるでドリルをねじ込まれたように穴が空く。しかし弾丸となる物体自体は何もない。

……空気。

大気分子を圧縮させて固めた塊を回転させつつ飛ばしているのだった。それがこの見えない攻撃の正体――。

（からくりがわかってしまえば、さほど恐れるものでもない！）

回転している分、切り裂く力が強いということにさえ気をつければ、対応するのはたやすい――ダウン・ロデオは、そのまま突進して相手のいる鉄塔に向かっていく。

そして、敵は――そのちっこい身体の少女は、自分の攻撃が通用しない相手が迫ってくるのを見て、その口元をわなわなと震わせたかと思うと、

「――にいっ……」

と笑った。それが見えたとき、ダウン・ロデオは反射的に背筋にぞっ、と冷たいものが走るのを感じた。そして続けて、はっきりとした声でヤツが喋《しゃべ》るのが距離を無視して聞こえた。それは、こう言っていた。

そうだ……そうこなきゃ――それぐらいでなきゃ、あたしは殺せない――

——と。その言葉にダウン・ロデオは、その敵の名前と、その綽名《あだな》を同時に想い出していた。

それは合成人間たちの間では知られた話であった。

（あいつ——メロー・イエロー……そうか、こういうことか——）

空気を我がものとして操作する能力。おそらくは周辺の空気の動きを探知、分析することもできるに違いない。ダウン・ロデオが感知されたのはそれだ。戦闘用合成人間が、緊張して臨戦態勢に入るときの呼吸音——それは能力別に、ひとりひとりまったく異なる。それを聞き取られたのだ。戦闘呼吸音のデータは当然、統和機構にはすべて記録されていて、追跡者であるメローはダウン・ロデオのものを知っているのだ。

（そうすると探知範囲は街ひとつ分は優にあるだろう……）

恐るべき能力だが、しかしそれよりさらに恐ろしいのは、異常なまでの、ほとんど狂気としか思えない精神集中の持続力だった。その音がかすかにでも生じるそのときを、この街のどこかで延々と待ち続けていたのだろうか——そうとしか考えられない。

「……むわ」

ここでやっと、そいつは鉄塔の上で動いた。立ち上がって、足を上げて、そして——そのまま空中に一歩を踏み出した。

飛び降り自殺そのものの動作で一瞬、がくん、と彼女の身体が大きく落ちたが、しかしすぐに停止する。

何もない空中に、足を載せている——そしてもう一歩踏み出してさらに進むと、もう彼女の身体は鉄塔の上でなく、宙に浮いているようにしか見えない。足下の空気を固めて、その上に立っているのだった。

「ふふふ……！」

彼女は不気味に微笑むと、そのまま階段を駆け下りるような動作で、下へ——敵が迫ってくるその方向へと全力で疾走し始めた。

統和機構の汚れ仕事をこなす始末屋、メロー・イエロー。

またの名を〝死にたがりのメロー〟——。

4.

「え……？」

私は、茫然としていた。

空を、人が走っている……それも小さな女の子が。

そして後ろから走ってくる人はさっき〝ずばばっ〟という変な音がした直後に、どこからか急に現れて——なんだか顔中が真っ赤で、あれってなんだか、

(——血塗れ……みたいな——？)

それが全然平気な顔をして、ものすごい速さで——っていうか、なんかあれ、バイクみたいなスピードで、人間じゃあり得ないんだけど——あれ？

（いやいや、そもそも空を人が歩けたりはしないんだし……って、あれれ？）

頭がぼんやりとしていて、うまく物事を考えられない……今はそんなことを不思議がっている場合じゃないような気がする。

（えと……上と、後ろと……いや、前と後ろなのかしら？　とにかく——私の……）

両方から迫ってきている——私はサンドイッチの具だった。今まさに、挟《はさ》まれようとしていて——。

「——え……？」

私は、結局その場から一歩も動けなかった。前にも後ろにも、そして横にも逃げられなかった。

そして——どうせそんな暇はなかったのだということを、私はすぐに知ることになる。

空から駆け下りてきた少女が私の頭上に達したのと、背後から突進してきた血塗れ顔の男の人が跳んだのはほぼ同時だった。

私が視線を上に向けたときが、空中で両者がちょうど激突したところだった。

何が起こったのか、よくわからなかったが——とにかく、ごつん、という鈍い音が辺り中に響いたときにはもう、ふたつの影は私の左右に分かれて飛んで、離れていた。

そして、ぱらぱらっ、と顔になにかが降りかかってきた。指先でなぞると、それはぬるっとした感触で、見ると赤いというよりも黒くて——濃くて。

「——血……？」

私がそのことの意味を理解するよりも先に、

「……ふ、ふふは……！」

という変な笑い声が響いた。

「ははっ——ふひははははひひは……！」

それはあの少女の姿をしたヤツが発している声なのだった。

「——あははぁ、すげえじゃん。何した？　今、何したぁ、んん？」

実に嬉《うれ》しそうにそう言っている彼女の、その姿勢がなんだかおかしかった。右腕全体が、だらん、と完全に力が抜けきってぶら下がっている。それは紐《ひも》で吊り下げられた荷物のように、くるくると回っているのだった。そして、

「右手が全然動かねーよ——これか、これがおまえの能力か。なんつったっけ——〈タイアード〉？　効くねえ、こいつ——やるじゃん」

その動かない腕は血で真っ赤に染まっていた。傷を負っているのだ。それなのに、彼女はまったく苦しそうな素振りをしないで、にたにた笑っている……。

「……ぐっ」

言われている相手の男の方は、こっちは苦虫を噛み潰したような顔をしている。明らかに怯《ひる》んでいた。

両者が交錯したときに、攻撃が入ったのはどうやら男の方らしい。それなのに、一撃を受けた方の彼女は楽しそうで、入れた方の男は辛《つら》そうな表情なのだった。

「さあさあ、どうした。向かって来いよダウン・ロデオ——トコトンやろうぜ、んん？」

彼女は挑発すると言うよりも、なんだかダンスをしようと誘っているみたいな口調である。

「……おまえは——」

男は、頬に空いた傷穴からひゅう、と空気を漏らしながら呟《つぶや》くように言った。それは彼女の異様なまでに通りのいい声とは真逆の、ひどく聞き取りづらい声だった。

「……ブギーポップを餌《えさ》にしたのか……？」

その単語が聞こえたので、私はびっくりした。なんでこの人が、ブギーポップのことを知っているのだろう？

（あれ？　もしかしてこの人って——ブギーポップを捜しに来た私たちのことを、尾行してきてたの……？）

そう思い当たった。しかし言われている彼女の方は、きょとん、とした顔になって、

「ぶぎ……？　なんだって？」

と訊き返した。

するとカ男の方は、かすかにうなずいて、

「やはりな……おまえ程度ではその名も知らぬか。所詮《しょせん》は使い捨ての道具扱いの身だな」

と冷ややかに言った。しかし彼女は、その侮辱《ぶじょく》とも取れる言葉にはろくに反応せず、

「いや、だからおまえ今、なんつったんだよ——ぶぎー？　ぽっぱー？」

睨みつつ、相手の方に近づいていく。——つまり間に挟まれている私の方にも近づいてくる。

「いや、ぽっぷ、か？　ぶぎーぽっぷ？　なんだよそれ？　くわしく聞かせろよ——おい？」

それはずいぶんと無防備な足取りだった。ほとんど何も考えずに、相手に接近しようとしている。その顔はまるで、お気に入りのおもちゃを見つけた子供みたいな表情だった。

男の方は渋い顔のまま、

「おまえの自殺願望なんぞに、つきあっている余裕はない——」

と吐き捨てるように言った。すると彼女は、へっ、と鼻先で笑って、

「誰が自殺したいって？　そんなつもりは毛頭ないんだけどね、こっちは——単にあんたなんぞ、全然怖かねーってだけで——」

よっ、と言うのと同時に、彼女の左手が跳ね上がった。そして私の横を、びゅん、となにかが通り過ぎていった——空気の塊みたいなものが。

それは男が立っていた場所に向かったようだったけど、でも——何にも当たらなかった。

私が振り向いたとき、男の姿はもう、どこにもいなくなっていたからだ。

え――と私が我が眼を疑ったときには、もう彼女の方は、その消えてしまった敵のいた位置にまで移動していて、立っていた。なんだか映画フィルムのコマがいくつか飛んだみたいな、そういう変な光景だった。

「ちっ――逃がしたか」

そう言って見ている地面には、人が一人通れるぐらいの穴が空いていた――でも、下はアスファルトで舗装されている路面なのに――彼女はその穴の中に何発か撃ち込んだ。ばちゃんばちゃん、と水音が籠もって聞こえた。穴の下は水道か下水道か、そういうものにつながっているらしかった。

（あの男の人が――立ってた地面に穴を開けて、そして逃げた、ってこと……？　でも、どうやって？）

だって彼は、それこそそこに立ってただけなのに……と私が立ちすくんでいると、

「あいつはダウン・ロデオっていって〈タイアード〉っていう能力を持っているって話だった。それがどんなもんなのか今までわかんなかったけど、どうやら物質を一瞬で〝劣化〟させられるらしい――あー、やっと右手が動くようになってきた」

と、彼女がそう言って、右腕をぐるぐると振り回した。

私に説明した――そうとしか思えない言葉だった。……でも、なんで？

「あのさあ、あんたも知ってるよね？　今、あいつが言ってたヤツを。代わりにくわしく教え

てくれると、かなり嬉しいんだけど。ああ、もちろんタダで、なんてケチなことは言わないから さ——お礼に、あんたを殺さないでいてあげる。これって悪くないでしょ?」

にたにた笑いながら、彼女はとんでもないことを言った。

そのとき、私の後ろからあわてた様子で、時枝と幹也の二人が駆け寄ってくるのが見えた。

そう、今の出来事というのは、二人が追いつく前の、そのほんのわずかな間に起こったことだったのだ。

「——睦ちゃん! 大丈夫? 今のって、いったい——」

時枝の心配そうな声が聞こえてきたけど、私には返事ができなかった。

すると、目の前のちっこくて変な少女は澄ました顔で、

「あれって友達? じゃあサービスで、あの二人も殺さないでいてあげるけど?」

と、さらに無茶苦茶なことまで言い出して、あげくにウインクまでした。

……無駄に可愛らしいのが、異様に不気味だった。

?

Question

3

『真実ってなんですか?』

(ヒント)言った者勝ちなのが困りものです。

1.

「……うう、ううう……」

広さだけは充分にあるが、しかし薄暗くて、閑散とした印象しかないその室内に、彼女の呻き声が響く。それはごくかすかな声なのだが、他に音を発するものがないので、やけに大きく聞こえる。

「………」

その彼女の寝言とも譫言《うわごと》ともつかぬ声を聞きながら、部屋の真ん中に置かれた簡素なソファーに座っている若い男は、まるで置物のように動かない。

細く、手足が長く、顔にも尖《とが》った印象のあるこの男は、彼女の声を聞くことに対して矛盾した感情を持っている。それは、この苦しそうな声を消したいという想いと、しかし声を出している間は、少なくとも彼女は生きているのだと確認できて、安心できるという気持ちと、そのふたつが同じくらいの重さで存在している。

彼女の方の名は、ブーメラン。

彼の方の名は、フィクス・アップ。

どちらも統和機構によって造られた合成人間である。しかし二人とも、今やその組織には属していない。逃亡して、追われる身だ。

「…………」

フィクスはどこか放心したような表情で、何もない空間を見つめている。このアジトに彼らが隠れるようになって、もう三年が過ぎていた。

「…………」

ぼんやりと見つめる視界の隅に、ブーメランが寝ているベッドも入っているのだが、寝ているときの彼女のことを、彼はまともに直視したことがない。二人でいるときに、彼女とまともに話したこともない。ほとんど彼女が寝ているからだが、起きているときでも会話らしい会話はない。話をするのは、もっぱら三人のときだ。

（いや……三人でも、肝心のことはまったく話していないな。僕たちはただ……確認し続けているだけだ。もうセピアがいないんだということを、ずっと……）

彼らは元々は四人のチームだった。リーダーのブーメランを中心に、三人のそれぞれ能力の異なる戦闘用合成人間で構成された、統和機構の中でも攻守ともに優れてバランスの取れた探査偵察《ていさつ》チームとして知られていたのだ。そしてそれが誇りでもあった。

だからあのときも、特に恐れることもなく、任務に就《つ》いたのだ――。

＊

「しかし、変な任務だなあ——そもそも本当の話とは思えないよ」

「任務は任務だ」

「相変わらず真面目だなあ、ロデオは。僕はつまらない仕事だとどうも気が抜けて」

「そう言いながら、いつもセピアは誰よりも集中しているわよね。ねえフィクス」

「……まあね」

「なに言ってんだよフィクス。君はいつだって自分の仕事にプライドを持ってるはずだろ。もっと自慢しなよ」

「君みたいに、そうそう無邪気になれないさ」

「あはは。それじゃまるで、僕がガキみたいだな」

「……そうは言っていないよ」

「どうでもいいことだ」

「ロデオ、あなたも皆にもっと意見を言いなさいよ。それともあなたは、私たちに関心がないのかしら？」

「馬鹿を言うな。……文句がないだけだ」

「あはは、そうとは言い切れないだろう？　ブーメランに色気が足りないとか、あるだろ」

「もうセピアったら、ひどいわ」

「いや、でも文句はないだろうさ、俺たちは——誰にも文句は言わせない」

「そうそう、それだよフィクス。そうやってどんどん自慢しようぜ」

「……少し軽薄だな」

「ロデオ、やっと意見を言ったわね」

「今回の任務がどんなにくだらない話でケリがつこうが、俺たちの不敗の戦歴にまたひとつ処理済みマークが増えるだけだ」

「うん、それには異論はないね」

「みんな、頼りにしているわよ。あなたたちがいれば、誰にも負ける気はしない——」

＊

……あのときの会話は、もう遠い遠い過去になってしまった。蜃気楼《しんきろう》のように、手を伸ばしてもつかめない。

（いや——今の俺たちの方が、霞のように儚《はかな》いものに成り果ててしまったのか）

彼らはもうチームとしてはバラバラになってしまった。連携《れんけい》を取るなど、今となっては夢のまた夢だ。

なにしろ……とフィクスは厳しい顔になって、部屋の片隅に眼を向けた。そしてふいに、

「そこで停まれ――動くな」

と声を出した。

壁の向こうで、ぎしっ、と床が軋《きし》む音がした。

「どういうつもりだ、ロデオ――きさま、何をしてきた？」

フィクスの声には怒りのみならず、殺気さえ漂っていた。

〝――落ち着け、フィクス。問題が起きたんだ。至急、対策を立てる必要がある〟

「問題が起きたのはわかっている！　なんだその顔は――戦闘負傷だな。見つかったのか、それでのうのうとここに戻ってきたのか、きさま！」

〝追跡はされていない――それに向こうの能力の性質も把握した。考え得る限りはベストな対応をしてある――〟

「何がベストだ！　追っ手に発見されて、交戦したのか？」

それは不思議な光景だった。一人は壁の向こう側で、お互いの声もろくに聞こえないのに、まるで相手を目の前にしているかのような会話なのだ。フィクスに至っては、壁を透かして相手の負傷までもが丸見えになっているとしか思えない。それに外に出ていた仲間が戻ってきて、それが怪我《けが》をしているというのに、まるでとんでもない災厄《さいやく》が訪れたとでも言わんばかりの態

度である。

「どんな痕跡を植えつけられているかわからない。おまえは僕らに触れる前に、すぐに始末すべきかもな——」

そう言ってフィクスは、左手を壁に向かってかざした。これを俯瞰《ふかん》で見てみると、壁の向こう側の人間の心臓の位置に、ぴたりと向けられているのがわかる——その正確さは、単に相手の姿が見えているという次元を越えて、すぐ側に相手が立っていて、その胸に直に手を当てているかのようだった。

その指先が、ぐっ、と内側に曲げられそうになって、まるでそれは相手の心臓を握り潰《つぶ》すかのような動作で——しかしそれが終わる寸前に、

「……待って、フィクス——」

という声が、彼の背後から聞こえた。か細い女性の声だった。

はっ、となって後ろを振り向くと、ベッドの上でブーメランが身を起こしていた。しかし彼女の視線は、フィクスには向いていない。壁の向こうにいるダウン・ロデオの方も向いていない。

ただ——自分の中にあるものだけを見つめている眼差しを空に放っている。

「視《み》えるわ——視える……」

それは限りなく、独白に近い声だった。誰に聞かせるつもりもないような、かすかな呟き。

「ブーメラン！　まさか――能力を？」

フィクスは今までの殺気も何もかもかなぐり捨て、彼女に駆け寄った。

「やめろ！　身体に負荷が掛かりすぎる！　今の君には〝ピクチャレスク〟は処理しきれないぞ！」

しかし彼女の方は、そんな彼の制止を無視して、さらに、

「……そう、現れようとしている――ブギーポップが――」

と言った。

＊

「だからさ、スパゲッティってのは巻いて口に入れるもんなのよ。エチケットなんか関係ないんで、その方がうまいっつー話なの」

目の前で、そう言いながらむしゃむしゃとペペロンチーノを食い続けている相手に、私は、

（しかし、どう考えたらいいのか……）

と、ひたすら困っていた。

「好きなの？」

「何が」

「だから、パスタとか」

「パスタは全体としてはそんなに好きじゃないわ。スパゲッティが好きなだけよ」

「というと？」

「たとえばマカロニは嫌い。なんであんなスカスカした食感の食い物を作らなきゃならないのか、理解に苦しむわね。ラビオリも頼りないし、ラザニアなんてべろんとして、どう食べていいのかわかんないし。とにかくパスタはスパゲッティがあればいいのよ。リングイネもいらないわ」

「はあ」

「とにかくスパゲッティつーのはさ、もぐもぐ噛む食い物なのよ。だからアルデンテとかいって、少し硬めに茹《ゆ》でるわけだからさ。でもってその食感を味わうためには、すすって喰ってもわかんないわけ。囓《かじ》らないと。そのためにぐるぐると丸めてやるっつーことよ、結局は」

「はあ」

そう言いながらも、彼女の言う食感とやらを味わいながら食べ続けているので、口からぼろぼろと食べ滓《かす》が飛び散っている。確かにエチケットにはこだわっていないようだ。

私の横に座っている時枝が、ここで、

「あの、うどんとかは？」

と質問した。ただ話のきっかけが欲しいだけのどうでもいい質問だ。しかしそれにこの目の

前の少女は、

「ああ、そうね。アレも悪くないわよ。つるつると啜《すす》ることに徹していて潔《いさぎよ》いしね。つーかさ、結局うまいのはそれ自体に塩とか醬油《しょうゆ》とかだけ掛けて食ってもうまいものなのよね。だからラーメンというのはなんか、半端というか、あれは結局スープがうまいだけじゃねーかと思うわよ、うん」

と、無駄にこだわった説を展開してくれる。つけ麵《めん》とか冷やし中華なんかはどうなるんだと思うが、そんなこと言ったらまた面倒な話になりそうだ。時枝も困ってしまっている。するとさらに、時枝の隣に座っている幹也が、

「えーと、だから君って、なんなんだい」

と核心を突く問いかけをした。そうしないと話が進まないと思ったのだろう。

「ん？ だからメロー・イエローよ。それがあたしの名前。文句あんの？」

ぎろり、と彼のことを睨むように見るのだが、顔立ちが何しろ幼いので、まったく迫力はない。

「いや、そうじゃなくてさ……」

幹也はちらちらと私たちの方を見る。助けてくれ、という感じだが、もちろん私たちにはなんの手だてもない。しかたなく彼は、

「……それって本名？ 君、外国人なの？」

とさらにつっこんだことを訊いた。するとメローは、はっ、と鼻を鳴らして、

「あたしに決まった国籍はないわ。統和機構の合成人間なんだから」

と言った。

ここは、さっきの場所から少しだけしか離れていない、国道沿いのファミリーレストランだった。ありふれたどうでもいいような店で、この彼女はあの騒ぎの後で私たちをここに連れてきたのだ。怪しいから逃げようかとも思ったのだが、なんだかあまりにもこの彼女が淡々としている上に、見た目が実に警戒心を持ちにくい姿なので、つい言われるままについてきてしまったのだった。

彼女は一人で勝手に注文し、私たちはドリンクバーを頼んだものの、誰も飲み物を取りに行っていなかった。

「さっきもそんなこと言ってたよね……それってどういう意味だい？」

幹也の問いかけに、

「むわ」

とメローはものを入れたままの口を、もがもがと動かした。……笑っているらしい。

「あんたは生命知らずね。そんなコワイことを平気で訊けるなんて」

「は？」

「統和機構というのは、全世界を裏から牛耳《ぎゅうじ》っているシステムよ。そして合成人間というのは、

その手先で、ふつうの人間たちを陰から監視している者のこと。下手《へた》に手を出せば消される。まあ、おっかないもんなのよ」

幹也はキョトンとした。私と時枝もキョトンとした。

何を言っているんだか、さっぱりわからない。これが深刻ぶった大人に真剣な調子で言われたらまだ実感があったろうが、目の前にいるのは変なちっこい女の子に過ぎないのだ。

「あのさ、まさか自分たちが知ってることが、全部まんま正しいなんて思ってないでしょうね?」

メローは笑っているらしい顔のまま、私たち一人ずつの眼を交互に見つめてきた。

「あんたらの知ってる常識なんて、ホントに薄っぺらなもんでしかないのよ。真実っつーのは、大抵の場合ワケワカンナイところにしかないのよ。たとえば」

彼女は、ちら、と私たちのテーブルから少し離れた席に目をやった。そこには若い母親と、幼稚園児くらいの女の子が座っていた。

2.

「……………」

メローはその母子を、特に子供の方ばかりを見ている。そして、

「見てな——世の中の裏側で起きていることってのを」

と囁いたので、私たちはぎくりとした。

母親は携帯電話でどこかと話していて、それに夢中になっている。女の子は退屈そうにあたりをきょろきょろと見回している——と、何を思ったか急に席の上に立って、身を乗り出し、宙に手を伸ばした——小さな羽虫が飛んでいたのを見つけて、それを取ろうとしたのだ。

しかしその動かした足は席からはみだしていた。

(——ああっ?!)

席から床に転げ落ちる……と見えた瞬間、その足が何もない空間の上に乗った。

そのまま歩いていって、手が羽虫を摑《つか》む。

メローの〝ブレス・アウェイ〟で空気の塊が、女の子の足の下に造られたのだ——ということに私たちが思い至ったときには、もう女の子は席の方に戻っていて、

「ねえママ、虫さんだよ」

と得意げに母親に虫を見せていた。母親が悲鳴を上げて、何してるのよ、と金切り声で叱りだしたが、まさか一瞬前に娘が転落しかけていたとは夢にも思っていない……床に頭を打ちつけていたら、もしかしたら怪我ではすまなかったかも知れなかったが、そんなことは一切なかったことにされて、何事もなく過ぎていく……。

ふふん、とメローが鼻を鳴らして、

「ま、ざっとこんなもんよ。あたしたちはこーゆー特別な、でも人に気づかれないよーな能力を使って、世界のことを裏からアレコレいじっているわけ」

と自慢げに言った。

「……でも、そーゆーあたしでも、知らないことはある。だからあんたたちが必要なわけ」

「わからないこと……？」

時枝が不思議そうな顔になる。メローはうん、とうなずいて、

「だからアレよ。なんったっけ——ほら、あんた」

と私の方を指差した。ちっちゃい手だなあ、とつくづく思った。

「——ブギーポップ？」

「そうそう、それそれ。その変なヤツの話を聞かせてもらいたくてさ」

「………………」

私たちが言葉に詰まっていると、メローは勿体《もったい》をつけていると思ったのか、

「あー、そうねえ——さっきは生命を助けてやるから、とか言ったけど、もちろん報酬も出すわよ。何がいい？」

「ほ、報酬？」

「現金そのものでもいいし、財産がいいなら金塊《きんかい》、宝石、土地——なんでもいいわよ。株とかでも」

本気で言っているようだった。というのもあまりにも軽い口調だからである。騙《だま》すならもっとそれっぽく言うだろう。なにしろ、子供が「ボクのオモチャあげるよ」と言っているような口調なのだ。

「え、えと……」

「ああ、社会的地位でもいいわよ？　あんたらこの春から大学とか言ってたわよね——なんだったら、もっといい別の大学の合格とか、今からでもさせられるけど？」

とんでもないことを平然とした顔して言った。

「そ、そんなこと——」

「できるのよ、統和機構なら、ね」

と、これは真顔になって、言った。さっきからその単語を口にするときだけは、彼女も真面目な表情になる。

「う……」

私は顔を引きつらせ、そして時枝と幹也の方は、そろってそんな私を見た。

……そう、二人は志望校に合格している。落ちたのは私だけだ。この提案を魅力的だと思うのは、ここには私しかいない。でも……。

「……そ、そんなこと言われても、別に」

私はあやふやながら、否定した。なんだかそこまでその大学に行きたいか、と言われると迷ってしまうのも、事実だった。

そこまで深くは望んでいない――では、

（じゃあ、私って――何が欲しいんだろ……）

私たちが全員黙ってしまったので、メローは肩をすくめて、

「欲がないわねえ。なんだったらさ、あたしが〝仕事〟してあげてもいいけど？」

と言った。ぽかん、と私たちが口を開けていると、彼女はうなずいて、

「だから、あたしがいつもしているような仕事を、あんたたちのためにやってあげようか、って言ってるのよ。誰かいない？　誰でもいいわよ。気にくわないヤツとか、いるでしょ？」

それが要するに〝誰でも殺してやる〟という意味なのだということに気づくのに、私は少し時間が掛かった。

3．

「………………」

私は絶句して、時枝はまだピンと来ずにポカンとして、そして幹也が、

「……そんな風に言われても、すぐには答えられないよ。僕らはこんな話をされるのに慣れていないんだから――」

と、もっともなことを言った。メローはこれに、はっ、と馬鹿にしたように鼻を鳴らして、

「優柔不断ねえ。まあいいけど。別に即答しなくても。考えといてよ。とにかく、あんたたちの言うことをそれぞれひとつだけ、なんでも聞いてやるからさ」

と言った。私は、

「それって——口止め料とかも入っているの？」

と訊いてみた。するとメローは眼を丸くして、

「は？　なんのこと？」

「だって、秘密なんでしょ——」

私の言葉が終わらないうちに、メローはけらけらと笑い出した。そして、

「あんたねえ——今の話、他のヤツらが信じてくれると思う？」

と身も蓋《ふた》もないことを言った。私が返答に困ると、

「まあ、いいけど。やってみれば？　面白いことになるかもね——でもひとつだけ言うと、きっとすごく面倒くさいことになるわよ」

それは——同感だった。

そもそも統和機構というのが〝いいもん〟なのか〝わるもん〟なのかも私たちにはハッキリしないのだし……。

「とにかく、約束してあげるわよ。あんたたちが、あたしのブギーポップ探索に手を貸してく

れるなら、代わりになんでも言うことをひとつだけ聞いてあげる、ってね」

へへん、と威張った調子で言う。しかしそれはどう見ても、小さな女の子が気取っているようにしか見えない。その印象だけだと、なんだか妙に——逆らいにくい。

「……でも、あれってただの噂で」

「ただの噂のために、あんたらはあの鉄塔のところまで来たっての？　それなりの確信があったからでしょ。いるかも知れない、って」

「……僕にはよくわからないんだけど、ええと——メロー・イエローさん、あなたは」

幹也が口を挟んできた。

「そもそも、僕らがあそこに行くのを待ちかまえていたわけでしょう？　だったらブギーポップのことも最初から知っていたんじゃないんですか」

「ああ、そりゃ違うわ。あたしからすると話が逆よ。あたしの標的が進んでいく方角を先回りして、待ち伏せしてたら、その前に変な女がのこのこ出てきたってことで」

メローは私の方を見てニヤリとした。変な女というのは私のことだ。

「その理由は、標的がその女を追跡していたから、という——その女には、追跡されるような理由があったってことになるわなあ、これは」

そう言って私をしげしげと見つめてくる。

「あんたたちは、なんでダウン・ロデオに尾《つ》けられていたんだろうね？」

「それは……」

私たちが、あそこにブギーポップを探しに行くという話を、誰が聞いていてもおかしくない場所で大っぴらにしていたから、ということにしかならないだろう。認めるしかない。

「……じゃあ、そのロデオって人は、ブギーポップはほんとうにいるって思ってる、ってことなのかしら？」

時枝がどうにも腑《ふ》に落ちない、という表情で言う。

「そういうこと。少なくとも、その名前を聞いて、らしくもなく動揺して呼吸を乱して、あたしに尻尾《しっぽ》を嗅《か》ぎつけられたのは事実だね。だからブギーポップを追いかけていくと、ヤツもまたオマケでついてくるわけよ」

メローはうなずいた。しかし時枝はまだ信じられないように、

「だって、ブギーポップなんて……あの話なんて、今までだって何度も何度も、学校でだって……」

と、ぶつぶつ言っている。するとメローの眼がきらりと光って、

「学校？」

と訊き返してきた。

「なに、そいつは学校で特に噂になってるの？」

興味津々《しんしん》、という目つきである。私は嫌な感じがした。

「でも、それだったらどちらかというと、睦ちゃんの学校の方が噂になってたわよね？」

時枝がそう言った。

「え？　なんで」

「だってほら、自殺した女の子とかいたりして、その辺にからめて、とか色々」

「ああ、そう言えば飛び降りた女子がいたとか、行方《ゆくえ》不明になった優等生がいるとかいう話があったよね——あれって館川さんの学校だったんだ」

「別に、うちの学校だけじゃないでしょ、そういう話があるのは……」

と私は反論したが、しかし話そのものは事実なので、声に力がない。

「へええ、そりゃ興味深いねえ——うん、実に面白そうな話だわ」

メローは眼をきらきらさせている。

「つまりそいつらは、みんなブギーポップに殺されたってこと？」

「いや、そんな無責任な言い方——」

と言いかけて、私は口ごもってしまう。実際にそういう噂はかなり流れたからだ。

「よーし、じゃあ行ってみよう」

メローはいきなりそう言った。

「え？　どこに」

「だから、その学校によ——現場に行くのが一番手っ取り早いわ」

?

Question

4

『失恋ってなんですか?』

(ヒント)何度しても苦しいものです。

1.

……というわけで、私たち四人は問題の学校に続く山道を登っていく。

私がついこの前まで通っていた、県立深陽学園に。

「けっこう山の中にあるんだね……毎日歩いていってたの？」

「いつもはバスが近くまで来てるのよ――今は春休みだから、この時間はあんまり来てなくて」

幹也の問いかけに私はそう答えたけど、実のところは変なヤツを連れてバスに乗る気がしなかっただけだ。さすがに同級生と出くわすことはないだろうけど、後輩に見られたら実に気まずい。

そんな私の思惑などおかまいなしで、メロー・イエローは私の横をひょこひょこと歩いている。

背が低く、手足も短いのに、そしてそれほど早く身体を動かしているようにも見えないのに、歩くスピードが私と変わらない。

「むわ、むわわ」

相変わらず、なんだかよくわからない笑いを浮かべて、首を左右に揺すぶっている。

……浮き浮きしている、そんな印象がある。

(なんなんだ、コイツは……)

気味が悪くてしょうがない。髪が長すぎる。身体に絡みついた蔦みたいだ。

「……なんか楽しそうね」

「ああ、楽しいね」

メローは屈託なく言う。

「長いこと退屈してたから、刺激はなんでも歓迎だね」

「単なる噂よ――行ってもなんにもならないと思うけど……」

と言いかけたところで、私は絶句してしまった。

道の前方から、ひとりの少女が坂を下りてくるのが目に入ったからだ。

まさか、と思った。一瞬自分の妄想《もうそう》かと思ったくらいだった。だがそうではなく、彼女は確かにそこにいた。

いや、彼女がそこにいてもそれほど不自然ではない。私のような卒業生でもなく、彼女はその学校の、現役の生徒なのだから。

しかし――、

(いや、だって、よりによって……)

私が茫然と立ちすくんでしまったので、時枝と幹也が、どうかしたのかという顔で見つめてきた。でも私はそれにも反応できなかった。

驚いていたのと、とまどっていたのと、それに何よりも、恥ずかしかったのだ――自分がここにいるのを、その目の前の彼女が見ているということが。

「あれ、館川さんですか？」

彼女が私に気づいて、かるく会釈してきた。彼女からすると、私は恋人の元同級生にあたる人で、縁は薄いけど無視もしにくいという程度の人物にすぎない。でも――私からすると、彼女は……。

「誰？」

幹也がそう呟くと、彼女は、

「あ、どうもこんにちは。先輩のお友達ですか。私、宮下っていいます」

と笑いながら名乗った。時枝がその名を聞いて、え、という顔になった。

「宮下って……宮下藤花？」

いきなりフルネームで呼ばれて、彼女は驚いた顔になった。

「あれ、なんで知ってるんですか？」

訊かれて時枝も思わず、

「いや、だから――竹田君の、彼女……」

とぶつぶつ呟く。すると藤花は、ああ、と明るい顔になって、

「なあんだ、先輩とも知り合いなんですか。でも、私のことどんな風に言ってるんですか、先輩は」

と言った。先輩先輩、と彼のことを呼ぶその声に弾んだ響きがあるのが、私にはとても切ないものとして感じられた。

「竹田君って?」

幹也は私たちを交互に見つめながら、腑に落ちないという顔をしている。私はひたすらに居たたまれない気持ちである。

「えと、宮下さん……今日は、なんで? 春休みでしょ」

とにかくそう訊いてみた。すると彼女は、

「ああ、ちょっと用があったんですけど、行ってみたらなんか今日は、新入生の事前説明会とかやってて、ばたついてるみたいだから帰ってきました」

と答えた。私は焦った。事前説明会だって?

「じゃ……人がいっぱいいるの?」

それはまずい。実にまずい。そんなところに、メローのような変なヤツを連れていったら目立ってしょうがない。しかしその当の本人は、そんな私の気持ちなどまったく意に介さず、

「なにしてんのよ。つまんねーことしてないで早く行こうや」

とイラだった声を上げた。すると宮下が、

「あーっ、駄目よ君、そんなお行儀の悪いことじゃ」

と子供を諭《さと》すような声でメローに話しかけてきた。

「お姉ちゃんたちが話をしているのよ。少しくらい待ちなさい」

「あー？　なんだぁ、おまえ」

メローはまるでチンピラみたいな目つきで、宮下のことを睨んだ。しかし彼女の正体を知らない宮下は平然と、

「駄目駄目、人のことをそんな眼で見ちゃ。せっかく可愛い顔してるんだから、もっと笑った方がいいよ、君」

と真面目な顔して叱った。メローの眉《まゆ》がぴくっ、とひきつる。そしてかすかに息を吐いて、

「――この馬鹿が」

と冷ややかに言った。

「ずいぶんとまあ、おめでたくも単純な人生を送ってるみたいだけど、世の中ってのはそうそう簡単なもんじゃねーのよ」

それは見た目の子供らしさとはまったく相反する、凍りつくような声の響きだった。横で聞いている私の背筋まで寒くなった。

しかしこれに宮下は、特に驚いた様子もなく、

「まあ、それはそうだろうけど、ね――でも」

穏やかな口調で言いながら、彼女はそこでなんとも不思議な表情をしてみせた。

それは微笑んでいるような、からかっているような、そしてどこかで、決定的に突き放しているような——左右非対称の曰《いわ》く言い難い表情だった。

2.

宮下は不思議な眼をしている。それはメローのことを見つめているのに、その後ろにいる私たちのことも見ているような、そんな視線なのだった。その眼で彼女は、メローに話しかける。

「でもそれは、君だって同じことさ。君は世界というのがどれほど皮肉に満ちているのか、完全には理解していない——」

その口調も、なんだか変だった。少年のような声に聞こえるのだ。いや、正確に言うと、男でも女でもないような、なんとも半端な響き——今まで私は、宮下がこんな顔して、こんな風な言葉遣いをしているのを見たことがなかった。

まるで彼女が、一瞬にして別人に変身してしまったみたいに思えた——

(——二重人格?)

……いや、何を考えているんだろうか、私は。そんなことがあるわけないじゃないか。

「……あ? なんだって?」

メローも訝《いぶか》しげな顔である。すると宮下は——いや、やはりそう呼びにくい印象で、でも顔立ちは確かに宮下で——とにかく、そいつは静かに、

「君はピラミッドが創られた本当の理由を知っているかい？」

と不思議なことを言い出した。そしてメローが返事をする前に、

「君たちが取り憑《つ》かれている気持ちはそれさ。既に沈黙して、もはや語らぬだけのものをただ、巨大な謎と思いこんでいるんだ——それはもう、やめた方がいい」

すらすらと淀みなく、まるで芝居の科白《せりふ》のように、しかし意味不明の言葉を続けていった。なんのことだかさっぱりわからない。

「………」

メローも、どう受け取っていいのかわからないような顔である。怒るべきなのか、意図を訊き返すべきなのか、それとも無視してしまうべきなのか——だがここで、彼女は極端な選択肢を採った。

「——殺すか」

ぼそり、とそう呟いた。

そして右手の人差し指と中指を立てて、まるでピストルを構えるような姿勢を取って、その指先を目の前の相手の顔に向けた。私はぎくりとした。その構えを見るのは二度目だった。そう、それはあのダウン・ロデオに向けて攻撃したときと同じ体勢だったのだ。

（まさか——本気で？）

その指先に、なにか特殊な力が集まっていくように見えた。それを発射したら、宮下藤花は粉々になってしまうのだろうか？

そう、それこそ跡形もなく粉々になって、彼女もまたこの学校の行方不明者の一人に加わるのだろうか——私の心に恐ろしい考えが浮かんだそのときに、銃口である指先を向けられている本人は、ただ、

「撃てないよ、君は」

と断言した。

「……なんだと？」

「君が欲しがっているのは、勝利でも力でもない——資格だ。だから君は、無防備の相手を撃てないのさ」

「…………」

メローは表情を変えない。何を考えているのか、外からは読みとれない。そもそもこの会話は、いったい何のことを言っているのだろう？

一瞬の空白の後、メローは言った。

「まるで、わかったみたいなことを言うじゃねーか……その根拠はなんだ？」

これに対し、相手は即答した。

「眼を見ればわかるよ。隠そうとしたって隠せるものじゃないんだよ、その眼に浮かぶ、恋する想いは、ね——」

さらりとした口調で、そう言った。

そのあまりに突然出てきた意外な言葉に、私たちが一瞬、絶句したそのとき、

——びょう、

と強い突風が吹きつけてきた。春先にはよくある風である。

わっ、と私たちは身をすくめた。その一瞬だった。

ぱっ、と宮下藤花の手が伸びてきて、自分に向けられていたメローの指を摑んだ。そして、

「……駄目よ、これも。人をそうそう指差しちゃいけないわ。相手が嫌な気分になるのよ。脅《おど》し文句みたいなことをやたらに言うのも、よくないわ。ふざけていても、そうとは取られなかったりするんだから、ね」

と、実に普通の口調で言った。

……なんだか、元に戻っていた。いや、別に今までだって何が変わっていたというわけでもなかったんだけど、でも違っていて、それがもう、違わなくなっていた。

そこにいるのは、私がよく知っている宮下藤花——竹田啓司という男の子の、彼女だった。

「————」

指を握られて、メローは憮然《ぶぜん》としている。しかし宮下にはなんの怪我もない。やはり今のは

ただの脅しだったのだろうか。

宮下は手を離して、めっ、とメローのことをかるく小突くみたいな動作をして、そして私の方を見て、

「それじゃ館川さん、電車の時間もあるので――」

と会釈してきた。私は、はっ、と我に返って、

「あ、ああ――そうね。それじゃ」

「先輩に変なことを言われても、本気にしないでくださいね――」

そう言いながら、宮下藤花は山道を下って、去っていく。そして、

「――もう終わっているから、気にしない方がいい。〝メザニーン〟のことは……」

遠くから聞こえてきた声は、私たちに向かって言ったのか、ただの変な独り言なのか、判別をつけることができなかった。

「…………」

「…………」

私たちはなんとなく、その場に立ちすくんでいた。

やがて幹也が、おずおずといった調子で、

「あのう……それで、竹田くんというのは何者なんだい？」

と、さっきもした質問を繰り返した。

「今の娘の、彼氏なんだよね？　なんかずいぶんと不思議な男みたいな気がするんだけど……」

「いや、それは……」

時枝は私の方をちらちらと見ながら口ごもった。私は茫然としてしまっていて、宮下藤花の後ろ姿が完全に見えなくなるまで見送ってしまった。

するど突然、メローが、

「……おい、この学校って——確か飛び降り自殺したヤツがいたせいで、屋上は今、閉鎖されているのよね？」

といきなり訊いてきた。

「え？　う、うん——そうだけど……」

「じゃあ今、屋上に立っているヤツがいるのはどういうことだろうね？　しかも今にも飛び降りそうな、青白い顔をして」

「え？」

メローの眼は、まだ遠くに小さくしか見えない校舎の方を向いていた。私たちには全然定かではないけど、彼女にはそれが見えるのだろうか？

「え、えええ？……ほんとうに？」

私が詰め寄ろうとすると、メローはにやりと笑って、

「先に行くからね。後からついてきなよ」

と言うやいなや、空中にジャンプしたかと思うと、そのまま――何もない空間に〈ブレス・アウェイ〉でつくった空気の道に足を載せて、その上を走り出していってしまった。空を駆けていく。

「あ、あああ、ちょっと――！」

私たちはあわてて、彼女の後を追いかけた。しかしもちろん追いつけるはずもなく、すぐに見失う。仕方ないのでとにかく、学校に向かっていった。

（でも――〝メザニーン〟って、なんのことだろう？）

3.

見えた。

屋上の手すりを摑んで、ぼんやりとしているその少女の顔が、はっきりと。しかし――。

（……なあんだ）

とメロー・イエローは心底ガッカリした。それは知っている顔だったのだ。

（あいつ、カミールじゃんか――人間名はたしか、織機綺《おりはたあや》とかいったっけ）

それは統和機構の合成人間の一人で、戦闘力ゼロのできそこないとして、どうでもいいような仕事をさせられているヤツだ。

学校の制服を着ているところを見ると、新入生としてここに潜入させられたらしい。しかしそんなことにはメロー・イエローはまったく興味がない。どんな任務なのかもどうでもいい。

(あいつじゃあ、ブギーポップのことを聞き出したところで無駄か——知ってるわきゃねーもんなぁ)

何を悩んでいるのか、焦点が合わない眼を虚空《こくう》に向けて、茫然としつつも険しい思い詰めた顔をしている。まあ、彼女はいつでもそんな顔をしているのだが。

(あいつはまったく、今にも死んじまいそうだな——)

空中に立って、様子を観察していると、もうひとり少女が、外付けの非常階段から、柵を越えてよじ登ってくるのが見えた。そして焦ったようにカミールになにか話しかけている。真面目な表情で、ずいぶんと正義感の旺盛《おうせい》な少女らしい。無関係の他人でも、困った人をほっとけない飛び降りないように、と説得しているらしい。下からカミールを見つけたようだ。

お人好し、というところか。

(あー、なんか——ああいうのって白けるんだよな……)

メローはすっかり興味をなくし、屋上の上空から離れて、校庭の裏手に降りた。

ざわざわ、というざわめきが聞こえてくる。事前説明会とやらの声だろう。その気になればそういった声の中身を精密に感知することもできるが、関心がないのでまったく聞かない。

ひとつの街のなかで、たったひとつの物音を聞き分けられる彼女は、同時に耳のすぐ側で爆竹を鳴らされても顔色ひとつ変えない人でもある。聞く気がない音はすべてシャットアウトできるのだ。だから高度な集音マイクの破壊方法として感度を上げているときに大音響をいきなり聞かせる、というような方法は、彼女には通用しない。無駄な音はただ素通りするだけである。別に鼓膜で音を聴いているわけではない。身体の周囲に、設定した波長の音と共鳴する空気の〝幕〟を張っているだけなのだ。

彼女にとって音は、ただの空気の振動であり、音楽として聞いているわけではない。振動を分析しているだけだ。

だから、歌というものが理解できない――する気もない。それを悲しいとも思わないのが、戦闘用合成人間メロー・イエローであった。

（しかし――この学校……）

彼女は県立深陽学園の、人気のない裏庭を見回した。

（色々な事件があったという割には、普通だな――荒れた雰囲気もないし）

そう思ってから、しかし自分は普通の学校というのがどんなものかよくわからないということにメローは気づいて、苦笑した。

（なにしてんだろ、学校って――）

ぶらぶらと歩き回りながら、ぼんやりとそんなことを考えた。教育と訓練と、そして試験を毎日毎日繰り返しているのだろうか。

（試験、ねえ——あんなもの、そんなにたびたびやっていたら、あたしたちだったらすぐに死ぬな）

そう思った。戦闘用合成人間の〝試験〟というのは、ひとりひとり異なる特殊能力の実戦に於ける戦闘能力の検証であり、これを行うのに一番手っ取り早い方法は、殺し合いをして生き延びられたヤツが合格、というものだからだ。試験官役の合成人間には、選別という名目で〝生徒〟を殺すことが認められているし、また逆に殺されても文句は言えない。試験官によっては様々な方法を採って、戦ったりしないヤツもいるらしいが、メローの場合はそうではなかったので、他の方法は知らない。

彼女は明らかに、殺されるところだった。試験に負けたのだ。だが死ななかった。それは皮肉なことに、相手と自分の間の戦力差がありすぎたからだった。彼女の〝先生〟はあまりにも強すぎたのだった。

「——ふふっ」

今でも想い出すと、笑ってしまう。強いなどというものではなかった。なにしろそいつは、巨大な統和機構の中にあって〝最強〟と呼ばれているようなヤツだったのだ。

（フォルテッシモ先生……）

その名を心の中で呟くと、今でも胸が疼《うず》く。

「あー、なんだな……おまえは半端だな。俺と戦えるほどは強くねーけど、大抵のヤツよりは使えるだろうな。どーなんだろうな……」

そんなことを彼女に向かって言い放ったとき、メローの心臓は停止していたのだった。相手は身体に触れもしなかったし、なにかを撃ち込まれたわけでもなかった。何をされたのか未だにわからない。そしてフォルテッシモが少し考えて、よし、とうなずいた次の瞬間には、彼女はぎりぎりで蘇生《そせい》させられたのだった。そしてとんでもないことを言った。

「おまえ自身には大して意味はないが、おまえを倒せるヤツなら、あるいは俺の敵としてふさわしいかも知れないから、そのために生かしておいてやろう。頑張って戦ってくれや」

そのあまりに傲慢《ごうまん》で、一方的な態度を示されて、しかしメローの心に怒りは生じなかった。そのかわりに彼女はこう思ったのだった。

（かっこいい……）

……と。彼女は統和機構の中でも〝スーパービルド〟と呼ばれる特別な合成人間の一人であり、それまでのあらゆる訓練では最高成績ばかりをマークして、自分は選ばれたエリートであるという意識もかなりあったのが、それが全部、一瞬で吹っ飛んだのだった。

強くなりたい、とそのとき思った。それはあのフォルテッシモに勝ちたいという気持ちであると同時に、彼にふさわしい存在になりたいという気持ちでもあった。そう思って、今日まで過酷な、裏切り者の始末という汚れ仕事を延々と続けているのだった――この仕事ならば、戦う相手には事欠かない。

（そうだ、この前のダウン・ロデオのような、かなりの難敵とも出くわすこともある……あいつとはまたやることになるが、そのときは勝てるかな……）

そのことを考えると、口元にニヤニヤと笑みが浮いてくる。

ロデオには〝自殺志願〟と言われた。死にたがりのメローと仲間たちに綽名《あだな》をつけられていることも知っている。しかし彼女にしてみれば、そんなつもりは毛頭ないのだ。

死ぬすれすれの体験など、彼女にとっては前にも知っている馴染みの感覚に過ぎない。そこをくぐり抜けることは、フォルテッシモに近づいていくことに他ならないのであって、それ以外の意味などない。

（まあ、あの程度の敵に勝てないようでは、あたしもそれまでということ――フォルテッシモ先生にふさわしい相手にはどうせなれない。それだったら、生きている意味もないしね――）

そう思って、そこでメローはすこし顔をしかめた。

さっきの、あの奇妙な少女――宮下藤花が言っていた言葉をふいに想い出したのだ。

（――そうだ。あいつ確かに〝資格〟とか言っていた……あんなもの、そこらの占いと同じで適当な単語をただ並べていたんだろうけど……それにしても――）

もやもやした不快感が急に湧いてきて、落ち着かなくなった。言われたそのときには全然ピンと来なかったのに、思い返すとなんだか、ずいぶんズケズケと失礼なことを言われたような気がする……。

「……ちっ」

腹は立つが、しかし文句を言い返してやりたいかというと、全然そんな感じはない。正直二度と会いたくない。何故かはよくわからないが……。

彼女がそうやってぷりぷりしていると、横から、

「あのう……」

と、おそるおそると言った調子で声が掛けられた。

そこには館川睦美が一人だけ、立っていた。むろん近づいてきていたことはメローには感知できていたので驚きはしなかったが、

「どうして、他の二人は来なかったのよ？」

と不機嫌そうに訊ねた。

「いや、だってここ、学校だし——私は卒業生だから入れたけど、あの二人は別で」

*

……というか、本当は私だってそんなに簡単に入れるわけじゃないのだ。この学校には、校門入り口にカードゲートがあって、IDカードを入れないと入れないのである。そして私は、卒業した今じゃそんなものはもう持ち歩いていない。でもそのことに気づいたのは、学校の前まで来てからだった。

どうしようと思ったら、入り口に顔見知りがいたので声を掛けてみた。

「おーい、新刻《にいとき》さーん」

「あれ、館川さん——なんです？」

そこにいたのは、風紀委員長をしていた後輩の少女、新刻敬《けい》だった。

敬のことは、私も去年は風紀委員だったので、よく知っている。——ていうか、竹田君も風紀委員だったのだ。そのときにはもう私は振られていたので、気まずいったらなかった。……まあ三年生だったから、ろくに委員としては活動しなかったけど。

「学校に用事ですか」

敬は、実に小さい。背丈だけなら小学生並みだ。百五十センチないんじゃなかろうか。メローよりも小さいくらいだ。でも芯《しん》がしっかりしていて、まさしく委員長という感じの娘である。真面目だけど優しくて、私はかなり好感を持っていたけど、相手はどう思っていたのかはわからない。

「いやいや、大した用じゃないんだけど……今日は事前説明会なんだって？　新刻さんは受付をしてるの？」

「ええ、なんか無理矢理。先生に言われちゃって、手伝ってるんです」

「頼られちゃって大変よね。もう委員長じゃないのにね」

「さっき友達に、自分でもそう言いましたよ」

敬は笑った。そして私の後ろの時枝と幹也に眼を向けて、

「そちらはお友達ですか？」

と訊いてきた。彼女からしたら当然の問いなのだが、意味もなくドキリとしてしまう。

「え、ええ。中学の時の友達」

時枝と幹也も、なんか困りつつも、どうも、と頭を下げて挨拶したりしている。

「悪いんですけど、部外者の方は立入禁止なんですよ」

敬はすまなそうに、でもきっぱりとした口調で言った。

「う、うん——それはわかってるわ。別に無理に行きたいわけじゃなくて……」

私はもじもじした。ここで追い返されたら、行かなくてもいいのかなー、でも飛び降りそう

な人がいるとか言ってたし、気になるっていえば気になるし……とか悩んでいたら、敬が、

「――館川さんも、カードを持ってきてないみたいですね」

と見透かされた。私が「う、うん――」と弱々しくうなずく。すると敬はため息をついて、

「まあ、館川さんだけならいいですよ。こっそり入れてあげます」

と言ったので、私はびっくりした。敬はおよそ、こういう妥協みたいなことをしない娘だと思っていたのだ。するとその気持ちが顔に出たらしく、敬は苦笑して、

「まあ、私にも色々ありますよ。失恋とかしましたし」

と悪戯《いたずら》っぽい調子で言って、ウインクした。それから真面目な顔に戻って、

「でも、すぐ戻ってきてくださいね。それから新入生が集まっているところには顔を出さないでください」

と念を押してきた。

「う、うん――わかった。えと、時枝たちは……」

と私が二人の方を見ると、幹也が、

「ああ、わかってるよ。僕らはその辺をぶらぶらしながら待ってるから。事が済んだら連絡してよ」

と言った。時枝もその横でうなずいている。どうやら断れない空気になってしまったようだ。

私は仕方なく、敬が開けてくれた校門横の扉から中に入った。

屋上に行くというのなら、裏手の非常階段だろう。そう思って裏庭の方に足を向けると、その途中で私はメローに出くわした。彼女は全然見当外れの方に向かって歩いていきながら、ぶつぶつとなにかを呟いていた。不機嫌そうだった。

「あのう……」

とおそるおそる声を掛けると、もう私がいたのは知ってみたいに、時枝と幹也はどうしたみたいな事を言われたので、私はあらましを説明した。

「ふん……ま、どーせここはハズレだったから、いいんだけどね」

メローは吐き捨てるように言った。ハズレ、というのはこの場合、飛び降りしそうな人というのは間違いだったということだろう。私はほっとした。

「あ、じゃあ戻りましょうよ。あんまり長くいるなって言われてるし——」

と私が言いかけると、メローはそれを無視して、

「ありゃいったい、なんだ? あの宮下藤花とかいう娘は、さ」

と、ますます不機嫌そうな声で訊いてきた。さっきのやりとりは、やっぱり不愉快だったらしい。

「なにって言われても——その、後輩よ」

「いや、あんたの様子は明らかにおかしかった。時枝も名前を知ってた。宮下藤花は、あんたのなんなんだよ?」

「う……」

問いつめられて、私は言葉に詰まった。そして気づいたら、

「……嫌よ」

と口走っていた。

「なんでそんなことを、あなたに言わなきゃならないのよ。関係ないでしょ！」

「な、なんだよ？」

私の突然の剣幕《けんまく》に、メローもややひるんだ顔になる。私は頭に血が上って、大声を出していた。

「あ、あんなヤツ、別になんでもないんだから！　私はもうなんとも思っていないんだから！　そうよ、竹田くんのことなんて——」

と言いかけたら、自分でも驚いたことに……涙がぽろり、と眼からこぼれ落ちた。

4．

……そして一方、学校に入らなかった時枝と幹也は、通学路沿いにあったベンチに二人で腰掛けていた。ただの道ではなく、遊歩道として整備されているところだが、どうも学校関係者以外の人は滅多に来ないようで、今も二人しかいない。

「……でも、どうなんだろうね」

幹也が空を見上げながら、ぽつりと言った。

「僕らはこのまま、あのメローって子の言うとおりにしてるだけでいいんだろうか」

「え？」

時枝は少しぼーっとしていたので、彼が言ったことを聞き逃してしまった。幹也はそんな彼女に、あらためて、

「メローが普通の人間じゃなくて、特別な存在だってことはわかるけど、僕らよりもそんなに賢いとも思えないし――僕らの方でも考えた方がいいんじゃないかな」

と言った。

「で、でも真下くん、こわくないの？　だってあんな人たちが他にもたくさんいて、戦っているっていうのよ？」

「うん、だからさ。彼女がその中で、どれくらい強い方なのか、わからないじゃないか。本人は自信たっぷりみたいだけど、でも彼女の敵もきっと凄《すご》いヤツらばかりなんじゃないのかな」

「そ、それは――そうだけど……私たちは別に、一緒に戦えって言われてるわけでもないし」

「その敵の方は、そうは思ってくれないかも知れないじゃないか。気をつけるに越したことはないよ」

「でも、どういう風に？」

「僕らも固まっていた方がいい。できるだけ一緒にいて、周囲に気を配っているべきだよ。たぶん相手の方も、メローと同じで普通の人間の姿をしているんだろうからね」

「な、なるほど——でも真下くん、落ち着いてるのね……私なんか、ぼんやりしちゃって——」

時枝は息を吐きながら、首を何度も振った。そして弱々しい声で、

「ごめんね、真下くん——」

と言った。幹也は眼を丸くして、

「どうしていきなり謝るんだい？」

と訊き返した。時枝は、だって、と少し身悶《みもだ》えして、

「あらためて冷静に考えてみると、なんだかすごく怖いような気もするわ……巻き込んじゃったみたい。真下くんは、通りすがりに私たちとたまたま会っただけで、別にブギーポップ探しなんか全然興味なかったはずなのに……」

と言った。半泣きである。これに幹也は、

「ねえ、小守さん——君は館川さんを恨んでいるのかい？ こんなことに自分を巻き込んでって」

と言った。時枝はびっくりして、

「い、いいえ！ そんな、まさか——悪いのは私なんだから……」

と応える。すると幹也は、ふいに真剣な顔になって、

「小守さん、実は――」

となにかを言いかけたが、すぐに眼を伏せ、それ以上の言葉を続けなかった。

少し間が空いた。時枝はおずおずと、

「……な、なに?」

と問いかけたが、幹也は首を横に振って、

「いや――なんでもない。うまく言葉が見つからなくて。でも、僕は特に君たちを悪くは思っていないよ。それは確かだ」

「そ、そう? ならいいんだけど――」

なんとなく気まずい空気が流れた。時枝は沈黙に耐えられなくなって、

「ねえ、あれって本当だと思う? ひとつだけ、なんでもしてくれるって……」

と訊ねてみた。これに幹也は、うん、とうなずいて、

「うーん。正直なところ、なんでもっていうのは眉唾《まゆつば》だと思うな――それに、もし統和機構というのがそんなに凄い組織だとしたら逆に、協力者がそんなに欲張ることを好まないんじゃないかな……といって何もいらないとかいうのも警戒されそうだし。ほどほどがいいのかもね」

と落ち着いた口調で言った。

「やっぱり冷静だわ。真下くん――私なんかよりもずっと大人ね」

時枝はきらきらと輝く眼で、となりに座っている少年を見つめた。

「そうかな――」

幹也は少し困ったような顔をして、それから付け足すように、

「でも……なんか変な気分なんだよね。自分じゃ成長してないっていうか、君たちに会ったのは三年ぶりのはずなのに、なんだかつい昨日まで一緒だったような気がするんだよ。高校時代には全然、印象がないって感じで」

と奇妙なことを言った。

「ええ？　そんなことはないでしょ、だって二年の時に、テニスで県大会二位で――」

と時枝は言ってから、はっ、と口を閉じた。でも遅くて、

「どうしてそれを知ってるんだい？」

と訊き返された。

「い、いやそれは――噂になってて……」

と言ったが、しかしそんな噂を聞いたことなどない。彼女はただ、その大会を見に行っていただけだ。彼女の学校はもちろん出ていなかった――幹也を見に行ったのだ。こっそりと。

「いやあ、あれって結局、うちの学校は反則で失格になったから、二位にもなれなかったんだよ。でも正直、あれもねえ――あんまり本気じゃやってなかったよ、僕は。人数あわせでレギュラーになったけど」

そんな馬鹿な、と時枝は思った。彼女の見る限りじゃ、幹也は完全にエースだった。でもプレーしているときは、あまり楽しそうにも、そして熱心にも見えなかったのは確かだった。

「部が他の部とのかねあいもあって活動休止になったとき、そのままやめちゃったしね。熱心な奴は活動再開まで頑張ってたけど、なんかそんなにやる気にもなれなくてね――あー、やっぱり印象が薄いなあ」

「ふうん……」

時枝は複雑な気持ちになった。彼が、自分の知らないところで楽しく充実した生活をおくっていたら、それはそれで寂しいものがあるだろうが、しかし印象がないと言われると、なんだかつまらないような気もしてしまう。

（でも確かに、私の知ってる幹也くんのままだわ……全然変わってなくて、なんだかちょっと不思議）

時枝がそう感じていると、幹也の方が逆に、

「小守さんは？　どんな高校生活だったの？」

と訊いてきた。それは当然の話の流れだったが、時枝はドキリとした。彼が自分のことにすごく興味を示しているような気がして。

「い、いや私は……そうね、勉強とかばっかりしてた、かな」

「でも写真とかも撮っていたんだろ。あれ、うまいよね」

「べ、別にそんなに大したもんじゃないわよ——あはは」

誉《ほ》められて舞い上がってしまい、軽薄に笑ってしまう。すると幹也が、

「もう一度、さっきの写真をよく見せてくれないかな」

と言ってきたので、時枝は素直に携帯を出した。

問題の、ブギーポップが写っているらしき画像データを出した。

「うーん……やっぱり写っているともいないともいえるね。でも僕には、やっぱりただの影にしか見えないなあ」

「そうよねえ……でもこの写真の場所で、あんな事があったわけだし」

「そうかな？　それは結果論だろう？」

幹也は真剣な顔で、画像を睨みつけていた。

「単にブギーポップという言葉に踊らされて、ダウン・ロデオって奴が僕らについてきて、そしてメローがそいつを襲った、というだけのことだ。この写真の信憑性《しんぴょうせい》にはなんの関係もないよ。僕にはそう思えるね」

「……じゃあ、どういうことになるの」

「館川さんが、妙にブギーポップに執着している、そんな感じがするね——錯覚としか思えないものを、無理にこじつけているような。そんな感じはしなかったかい」

「そう言えば、そんな気もするわね。睦ちゃん、少しムキになってるみたいだった——」

時枝が悩み始めたところで、幹也が、

「ところで竹田くんという人は、誰なんだい」

と訊いてきた。

「い、いやそれは——」

時枝は焦ってしまう。しかしどう言えばいいのかわからない。すると幹也は落ち着いた口調で、

「もしかして、館川さんの元彼なのかな。でも今は、あの宮下藤花という娘がその人と付き合ってるとか」

と、ほぼ正解を言い当ててしまった。仕方ないので、

「——いや、睦ちゃんの片想いで、告白もしなかったから、竹田くんの方は知らないままなのよ……」

と説明すると、幹也はうなずいて、

「そのショックって、まだ引きずっているのかな——」

と深刻な顔で言った。

「な、なんのことなの、幹也くん？」

時枝は膨れ上がってきた不安に、つい彼の腕にしがみついてしまった。幹也は首を左右に振って、言葉を慎重に探りながら言った。

「もしかしたら、館川さんは無意識のうちにブギーポップに会いたいと思っているのかも知れない——自分を殺して欲しい、って……」

5.

「……つまりあの宮下藤花が、あんたの男を盗《と》ったっつーこと？　いや、告白もしてねーんだから、あんたが一方的な負け犬、ということになるわけか」

メローは身も蓋《ふた》もないことを言った。

「ううう」

私は言い返せずに、呻いてしまう。さっきは弾みで、ちょっとだけ泣いてしまったが、今はむしろ泣きたくても泣けないような、恥ずかしい気持ちでいっぱいである。

「ふーん、そうなんだ。あんたって——」

じろじろとメローは、私のことを見つめてくる。

「へぇえ、ふうん——」

「な、なによ。そうよ、どうせ私はフラレ虫よ。馬鹿にすればいいでしょ」

「あのさあ——で、どっちなの」

「何がよ？」

「悔しいの、それとも悲しいの？」

「はあ？」

「いや、だからさ。宮下藤花に負けたのがムカつくのか、それともその竹田っつー男に気づいてもらえなかったのが辛いのか——どうなの？」

「……なんでそんなこと訊くのよ？」

私は、メローの様子が妙に真面目なので、変だなと思った。

「いや——まあ」

メローは少しだけバツの悪そうな顔になって、

「……似てるかな、とか思って」

と、ぽつりと呟いた。

私はそのときふいに、宮下がメローに向かって〝その眼に浮かぶ恋する想いは〟とかなんとか言っていたことを想い出した。

「……え？」

私は思わず、まじまじとこの目の前の奇妙きわまるちっこい少女の姿をした、戦闘用合成人間とやらを見つめてしまった。

「……いや、別にだからどーしたって話でもないんだけどさ」

頭をがりがりと掻《か》きながら、メローは吐き捨てるように言った。

「——いや、あたしの場合は、言うきっかけがなかったってだけだ。あんたとは違うかもね」

「……いや、同じよそれ」

「ああ？」

と彼女は私を睨むように見つめ返してきたが、しばし向かい合った後で、私たちはどちらからともなく、笑い出してしまった。

「——どーでもいーか、んなことは」

「そうね。どうでもいいわ」

学校の裏庭からは空がよく見える。その抜けるような青空の下で、私たちはなんだかとっても間抜けに思えた。

「……あー、でもブギーポップの手掛かりは、ここにはありそーもねーな」

メローがぼやくように言った。そして、はーっ、と息を吐いて、

「次のトコに行くか——」

と言った。

?

Question

5

『仲間ってなんですか？』

（ヒント）すべては自分から信じることです。

1.

ブギーポップというのは、女の子たちの間でしか噂になっていない。理由はわからないけど、とにかくそうなのだ。ネットでもまずお目に掛かったことがないし、私も書き込んだことはない。なんで誰も、もっと話題にしないのかとは思うけど、でも少なくとも、私だったらその最初にはなりたくないような気がする。

バラしたら殺される、という話も特にないみたいで、だいたい噂になってる時点で、他人に教えた人間が死ぬなら、いったい何人殺されているんだという話になってしまう。人に教えたいような、教えたくないような——そんな矛盾したところがあるみたいだ。

「だから、なんか変な噂があると、それはブギーポップじゃないかってことになっちゃうのよ」

「ふうん——」

メロー・イエローは私の話には興味がないらしく、気のない返事をしつつ、周囲ばかりを見回している。

そこは街の真ん中——ツイン・シティという駅前の複合施設の、その屋上だった。〝ふれあいの広場〟という名前が付いていている。

私たち四人以外にも、他にも人は大勢いる。屋上にはベンチや植え込み、それに奇妙な彫刻のオブジェなどが置かれている。屋台形式の焼きそば屋やゲームコーナーなどもある。今は使っていないが、小さなステージも設置されていて、ちょっとしたデートスポットなのだ。

「――で、その噂っていうのは、ここが閉鎖されていた日に、飛び回る人影を見たっつーもんなんだな？」

メローは周囲の人の、変な娘だなという好奇の視線などお構いなしで、何故《なぜ》か鼻をくんくんさせながら屋上を行ったり来たり、あちこちうろつき回っている。

「ええ――向かい側のビルから見えたって……休業日だったのかな？」

私がその話を聞いたのは、受験が終わった後のことで、時期としてはもう話題の旬ではなくなっていたから、曖昧な話しかわからない。

「休業日ってのは何曜日だ？」

「えーと、第二水曜日、いや第三、だったかな？　とにかく月に一度だけで――」

私がそう言いかけたところで、

「でも別に、誰もいなかったかどうかはわからないじゃない？　誰も入れなかったわけでもないだろうし。デマよ、そんなのは」

と、時枝が急にそう言った。そして、

「ねえ、睦ちゃん？」

と、なぜか私に同意を求めてきた。

「え? ま、まあ——そうかもね」

私はあいまいにうなずく。そんなことを言ったら全部そんな感じなのだけど。でもそこで幹也まで、

「ブギーポップにこじつけすぎな気がするよね。噂の出所がどこか知らないけど、又聞きくさいし。誰かが人影を見て、そしてそれを別の誰かがブギーポップに結びつけたんじゃないかな」

と言い出した。なんだか二人揃って、ブギーポップ否定論者にでもなったみたいだ。

——ていうか、なぜか二人とも、メロージャなくて私の方をやたらに見つめてくるんだけど……。

「な、なに?」

「睦ちゃん、私たち、友だちよね?」

急に時枝が妙なことを言い出した。

「そ、そりゃそうよ——親友でしょ」

私がちょっと焦りつつもそう応えると、時枝はさらに、じっ、と私の眼を覗き込むように見つめてきて、

「私、もしかしたら無神経なこと言ったかも知れない。でも睦ちゃんが悩んでいるなら、私も

一緒に悩むから――」

と言ってきた。私は面食らってしまう。

「ち、ちょっと時枝、なに言ってんのよ、あんた――そんな突然」

すると幹也までもが、時枝と調子を合わせて、

「館川さん、どんなことでも気にしすぎるのはよくないよ。一人で抱え込まないで、人に話せることは話した方がいいよ」

とか訳のわからないことを言い出した。

「な、なんなのよあんたたち、どうしたのよ。別に私は――」

と言いかけたところで、私ははっ、と気づいた。

メローがいつのまにか、私たちから離れて、屋上の奥まった方に一人で行ってしまっている。

そして柵の前に立つと、その足が一歩を踏み出した――上へ。

見えない階段を上って、柵を乗り越えようとしていた。

（えええ――？）

私はあわてた。いくらなんでも人目につくだろう。だがあまりにも堂々としているからか、誰も気づいていない。

（――で、でも……）

私は時枝と幹也に眼をやって、二人も茫然としているのを見て、そしてメローを見て、彼女

が平然と柵の上に立っているのを見て、それから――全然気づいていない街の人々を見た。

（でも……こんなに近くにいるのに……？）

日常生活のすぐ横で、あまりにも平然と行われる異常な活動。

これが統和機構が存在しながらも、誰も意に介さない世界なのだろうか。合成人間たちは、こんな風にして人々の中を歩いているのだろうか。

「………」

メローは柵の上に立っている。そこは風よけの外に出ているから強風がモロに当たっているはずだ。しかし彼女は、その長い髪はまるでそこが真空の中であるかのように微動だにしない。

その後ろ姿を見て、私はどういうわけか別人の姿を想い出していた。学校の屋上から飛び降り自殺をした女子生徒、水乃星透子《みなほしすいこ》のことを。彼女もまた、今のメローのような感じで建物の縁に立っていたのだろうか……。

（そういえば、あの娘も変なことを言っていた……）

私は生前の水乃星透子に、一度だけ会ったことがある。特になにかあったわけでもなく、学校の廊下ですれ違っただけなのだが、そのときに彼女は、私の顔を見つめてきて、そして笑いながら、

「あらあら――ずいぶんと普通になってしまったものね。ねえ……」

と、ふいに言ったのだった。他には人がいなかったから、私に向かって言ったのだろうとは

思ったけど、でも突然、上級生に向かって言う科白とも思えない。あれは独り言だったのかも知れない。私はぽかんとしてしまって、水乃星はそんな私を無視するように横を通り過ぎていってしまって、そしてそれっきりだった。彼女が自殺したのはそれから半年後ぐらいだったと思う。

でも、そう言えば……彼女はその後にも、なにか一言呟いていなかったか？　意味不明な単語とも名前ともつかない言葉を言っていたような——そう、彼女は確か、

（あれって——〝ねえ、メザニーン〟って言ってなかったっけ？）

私が想い出しかけていたそのとき、「あっ」と時枝が小さく悲鳴を上げたので、私の意識は過去から現在に引き戻された。

メローが、ふいに動いたのである。

その小さな身体が、がくん、とそれこそ飛び降り自殺したみたいに落下したのだった。びっくりして、私たちはそっちに駆け寄ったが、当然の事ながら彼女は、建物の途中で空中に停止して、そして外壁に向かって手を伸ばしていた。

「——な、なにしてんのよ？」

私は一応、まわりに聞こえないように声をひそめながら呼びかけてみた。するとメローは、ニヤリと笑って、

「おもしれーもんを見つけたぞ」

と言った。その手の指先には壁にへばりついていた、落ち葉のようなものが挟まれていた。

ぴょんぴょん、とメローは不可視《ふかし》の空中の足場を蹴って飛び跳ねて、あっという間に私たちのところに戻ってきた。

誰も気がつかないうちに、あり得ないところに移動して、そして帰ってきて——今から私たちの方を見る者がいても、ほんの数秒前に、この小さな少女が空中を歩いていたんですよと言っても、とても信じられないだろう。

ただの四人組だ。だけどその中の一人は、なんだか変なものをその指先に挟んでいる。

茶色と白がまだらになって、なんだかカサカサしている。落ち葉にしては少し厚めな感じで、スナック菓子の一種みたいにも見えた。厚切りポテトとかなんか、そういったもののような——。

「ふふん……」

メローはその奇妙な物体を、くるくると目の前で動かしている。

「な、なんなのよそれ？」

私の問いに、メローはあっさりと答えた。あまりにも簡単に言うので、私は一瞬聞き間違いかと思った。でも違った。彼女は確かに、こう言ったのだ。

「人間の耳だ。切り取られて、身体から離れて、飛んでいったその切れ端だよ」

言われてみると、確かにその物体の形はまさしく耳以外の何物でもなかった。

「…………」

私たちは絶句してしまった。メローはその耳をしげしげと観察して、

「あれだな、これは——一瞬でずばっ、と斬られてるね。それで外に飛んでいったんだけど、風に戻されて、壁にへばりついていたんだなあ——そのまんま乾いちゃったんで、腐りもしなかった、と」

そしてその気味の悪い破片を、ぺろぺろと舐《な》めだした。

「あー、思った通りだ。こいつは合成人間の耳だ。ここで戦っていたんだな」

特に断面の部分を念入りに舐めている。わかっていると気持ちが悪いが、傍目《はため》にはなんだか子供がお菓子を舐めているようにしか見えない。

「味が悪いな。恐怖反応がある……ビビってやがったんだ。負けたのかな。しかしこんなところで死体が出たなんて話も聞かねーから、逃げて、それでそのまま黙ってやがるな、こいつは——」

むわ、むわわわ、とあの得体の知れない笑いを口元に浮かべている。

「あ、あのう——」

おずおずと声を掛けると、彼女は〝耳〟を懐《ふところ》にしまいこんで、

「まあいいや。ここはこんなもんだろ。次はどーしよっかね」

と言った。

「ま、まだ行くの？」

「当たり前だろ。あたしはまだ、ブギーポップの尻尾《しっぽ》さえ掴んでねーんだから」

「でも、そんなもの本当はいないんじゃないの？　あなたたちの誰かが、その名を騙《かた》っているだけなんじゃや——噂にかこつけて」

時枝がなぜか、私の方をちらちら見ながらそう言う。でもこれにメローはあっさりと、

「いや、それは違うな。うん、違う——」

と、妙に確信に満ちた声で言った。

「なんでそんなことが言えるの？」

「カンだ」

「そんな曖昧な——根拠は？」

「根拠はない。カンだから」

……とりつく島もないとは、まさにこのことだった。

「で、でも——そんなに場所とか言われても、詳しくは知らないわ。だって噂だし」

時枝がおずおずとそう言うと、メローは、

「ふむ」

と妙に大人びた感じでうなずいて、

「その辺の情報収集はあんたたちに任せるわ。そんじゃ、今日はもういいや。ブギーポップを

探すのは明日にしよう」

と言った。早い話が、友だちにブギーポップの話を聞きまくれ、ということらしい。

私と時枝と幹也は、思わずお互いの顔を見合わせてしまった。

どうやらこのメロー・イエローは、とにかく自分が納得するまでは私たちを自由にしてくれないらしい。

(合成人間というのは皆、こんな風に頑固《がんこ》なのかしら? 自分が狙ったことは何が何でもやり通す、みたいに……)

2.

……館川睦美が確認したように、その様子を見ている者はその屋上にはいなかった。

その足下——ひとつ下の階にいた。レストラン街になっているそのフロアーの、中央に位置する待合い場所のベンチに腰掛けて、ぼーっと上の方を見ている一人の男がいたのだ。その視線は、間を隔てる壁など無視するかのように屋上の四人の方を向いていた——特にメロー・イエローを、男は自分の能力である〈ヘビー・ヒート〉を使って完璧に捉えていた。

「………」

合成人間フィクス・アップ。

彼はその呼吸を完全に、通常人と同じ音域でのみ行っていた。その存在を感知されないように――彼の存在はメローには一切気づかれていない。そして彼の方からは、簡単にメローを発見できた……ダウン・ロデオがメローの身体データを彼に教えたからだ。それにしてもメローはまったく身を隠す素振りを見せない。あまりにも開けっぴろげである。

（死にたがりのメロー、か……）

こうやって彼が外に出てきた理由は、むろん追っ手であるメローを迎撃するためだが、しかし実際に一撃を加えることはためらわれた。攻撃動作に入っただけで、奴は即座にこちらに気づくだろう。少なくとも離れて偵察しているだけならば、発見されないことは確認できた。今はこれで充分である。

（そして――奴はやはり、さっきのブーメランが能力を発現させたのも、感知していない……）

それが何を意味するのか、フィクスは深く考えない。答えが簡単に出てしまいそうだからだ。彼らがこそこそと隠れて生きなければならなくなったのは、仲間であったセピアが能力暴走の果てに自滅したせいである。それで仲間のブーメランは半身不随になって身動きがとれなくなり、逃げることすらかなわず隠れているしか道がなくなっている……。

だが――暴走したのは、ほんとうにセピアの方だったのか？

（…………）

そのことについて、フィクスは考えないようにしている。

どうせ結果は同じなのだ。〝汚染〟されたとして統和機構に処分されるのは変わりない。

（ブーメランを――守るだけだ……だが）

彼が気に掛かっていることは、今ではたったひとつしかないのかも知れない。

果たして彼女は、彼とダウン・ロデオと――二人の男のうち、どちらを頼りとしているのだろうか？

彼女がもっとも愛していたのは、消えたセピア・ステインだ。それは疑う余地はない。だが今は、どうなのだろうか――。

「…………」

フィクスは、やはり考えないでいよう、と思う。

彼女のためなら生命など惜しくない。それだけで充分だと思うからだ。

しかしこのとき、彼は本当に考えなければならないことを完全に忘れていた。

彼ら三人を逃亡者の運命に落とした、本当の原因の方を。そもそも彼らはこの土地に、どうしてやってきたのか――彼はそのことを真剣に見つめ直さなければならなかったのだ。

三年前、彼らが探索して、これを倒すように命じられていたＭＰＬＳのことを。

彼とロデオは知らなかったが、セピアとブーメランは、実はその寸前にまで迫っていたのだ。

誰も知ることのなかった、三年前のその事件の核心――〝メザニーン〟に。

3.

……時は深夜。

街はもう静まり返っていて、店という店は皆閉まっている。かろうじて駅前のコンビニだけが開いているが、地下街は完全に静まり返っている。

その中のひとつ——隅の方にあるカレーハウスは流行《はや》らないということで、三ヶ月前から閉まったままだった。

だが——人がいないはずのその店内を、一人の男が我が物顔で占拠していた。

「けっ、クソまずい——こいつはハズレだな……」

ブツブツ呟きながら、テーブルの上に山積みになっているスナック菓子をむさぼり食っている。

照明は一切つけずに、真っ暗闇であるにもかかわらず、その動作にはまったく淀《よど》みがない。見えなくても平気なのではない。見えているのだ。眼が普通の人間とは異なり、野生動物のように異常に瞳孔《どうこう》が開いていて、ごくわずかな光でも充分に見えるのだった。

その男の体格は、どこか不自然だった。腹部はまん丸に膨れ上がっていて、明らかに肥満体なのだが、両腕と両脚は、まるで棒のように細い。ぶくぶくに肥《ふと》っているところとガリガリに痩《や》せているところが混ざっていて、体型のバランスが無茶苦茶だった。

そして男がさっきからばりばりと掻《か》きむしっている右耳は、そのほとんどが欠損していた。切り取られてなくなっている。その傷痕に指をあて、爪を立てて掻きむしり続けている。

スナック菓子をむさぼり食い続けていた男は、突然その動きを止めて、そしてテーブルの上に置いてあった拳銃を掴んで、あらぬ方向を狙ってぶっ放した。

だが――その銃声がいっさい響かない。

そして空中に、弾丸が停止していた。見えない壁に喰い込んでいるかのように……空気によって固定されていた。音響は空気を伝わって周囲に聞こえるから、それが固定されてしまったら無音になってしまう――完璧な隠蔽《いんぺい》がそこにあった。

「ぬう――」

男の顔が不快に歪むが、そこには驚きはない。

「その能力――〈ブレス・アウェイ〉……だったな」

男が呟くと、むわわ、という笑い声が暗闇に響いた。

そして声の主は、一歩前に出て来た。ちっこい少女の姿が薄明かりの中に浮かび上がる。

「やっほー。ひさしぶりね、スプーキー・エレクトリック」

メロー・イエローは、同じ統和機構の〝同僚〟の合成人間に向かって挨拶してみせた。

「なんで、てめえがこんなところにいる？　ここは俺の縄張りだぞ」

スプーキーEはその異形《いぎょう》の眼差しで、メローを睨みつけてきた。メローはにたにた顔で、

「縄張り？　ふふん——いつから統和機構は、あんたにそんな権限を与えたっていうの？」

と、鼻先でせせら笑った。

「——」

スプーキーEは、明らかに混乱しているようだったが、しかし不安よりも苛立ちの方が大きいようで、険しい表情は変わらない。そんな彼にメローはひょうひょうとした調子で話しかけた。

「ところでさあ——あんた、女を一人囲ってたわよね。カミールって小娘を」

「………………」

「どうして深陽学園に潜入させたのかしら？」

「おまえの知ったことか！」

スプーキーEは怒鳴った。しかしその反応が答えになっていた。後ろめたいことがあるという——。

「それってさ——あんたの変な耳と関係あんの？　それって何？　一種のパンクファッションなの。耳を切りとっちまうなんて——」

少なくとも、スプーキーEはその負傷の原因について、上にまったく報告していないのだけは確かなことだった。

「…………」

「あたしの推理が正しければ、さ——あんたいつかの第二だか第三の水曜日に、ツイン・シティにいたでしょう？　そこであんたはヤツにやられた——違うかしら？」

スプーキーEの目つきが、どんどん凶悪になっていく。彼にも、彼女が何を追いかけて、ここに来たのかがわかったのだ。

「てめえ——」

「なかなか面白そうな相手じゃない？　ブギーポップって——」

その名が出たとたんに、スプーキーEは爆発した。

「あれは俺の獲物だ！　手を出すんじゃねえ！」

スプーキーEはそんなことまで口走った。間違いなかった。彼が相手に個人的な恨みを持っていることを、メローは確信した。これはすなわち、これはブギーポップという〝人物〟が実在しているということも示している。彼女のこれまでの調査は、大当たりだった。

「獲物？　獲物だって？」

メローは、ははっ、と軽く笑う。

「それは向こうの科白じゃないの？　あんたは狩られる方——獲物はあんたの方だ。それはあたしにとっても変わらない」

それは脅しではなく、メローからすればただの事実だった。自信があるとか、そういう次元

ですらない。

「――――」

スプーキーEはこの言葉には反応しない。メローは続けて、

「戦闘用でもないあんたじゃあ、あたしの敵じゃない。殺されたくなかったら、おとなしく情報をよこしな」

と命令口調で言った。

「………」

しかしスプーキーEは、その暗い怒りがこもった眼のまま、押し黙っている。メローは戦闘態勢に入ったまま、相手の次の行動を待つ。拷問《ごうもん》してもいいが、殺してしまっては元も子もない。

しかし、その必要はなかった。スプーキーEはしばらくの間無言だったが、やがて口元を、きゅーっ、と吊り上げて、

「くっくっくっ――」

と笑い出したのだ。それは歪んではいたが、敵意のある笑いではなかった。そして彼は大声で笑い出した。

「くっく、くふはははは！　なるほど、どうやら噂は本当だったらしいな。死にたがりのメロー……いつでも危険そうなところに首を突っ込みたがる、ってな」

「…………」

「いいぜ、別に——俺の本来の任務と、ヤツはカンケーねえしな。ブギーポップは、おまえにくれてやるよ」

あっさりとそう言った。

「ほう? ずいぶんと物わかりがいいじゃない。ひねくれもんのあんたらしくもない」

「正直、俺の方としても困っていたんだ。任務の途中で突然に襲撃されたものの、ブギーポップの目的そのものは全然わからなくてな。しかしおまえが消してくれるなら、手間が省ける」

「目的——」

スプーキーEの言葉に、メローは眉をひそめた。

「ブギーポップというのは、ぶっちゃけ合成人間なのかしら?」

「さあな。だが少なくとも、強いぞ」

「あんたからしたら、でしょう?」

やや挑発的に訊いてみた。しかしこれにスプーキーEは腹を立てた様子もなく、

「ふん——」

と、かすかに鼻を鳴らした。そして、

「俺からブギーポップについて、ひとつだけ言えることがあるとすれば、そうだな……」

と続けた後、彼は不思議なことを言った。

「〝冗談《じょうだん》ではない〟ということだ」

理解できず、メローはぽかん、としてしまう。

「……なんだそりゃ？　どういう意味？」

「他に言いようがない――とにかく、冗談だとは思わないことだ。ヤツが目の前に立つということは、笑い事ではない。それだけは確かだ」

スプーキーEにはふざけている様子はない。大真面目だった。

「…………」

メローはどう判断していいのか迷った。だが情報は得られるだけ得た方がいいので、

「……あんたは、どんな任務に就いているの？」

と訊いてみた。だがこれにスプーキーEは笑って、

「そいつはおまえには教えられない領域の話だ。だが、ブギーポップと関わることならば教えてやれる。俺はブギーポップの噂を利用して、今あちこちにちょっかいを出している――だから噂のいくつかは、俺が発信元になっている。そいつと本物を区別しないと、いつまで経っても見つからないぞ」

「どうやって区別する？」

「俺がその作業を始めたのは最近のことだ。だから昔の話なら、俺とは関係がない――なあメロー、おまえがここにいるのは、あれだろ？　ブーメランの一味を追ってきてのことなんだろ

う? ありゃ三年前の事件だったかな。何人も探索にかり出されては成果がなかったって噂だが、おまえはその何番目かの担当者って訳だ」

裏切り者ブーメランの話は、当然この男も知っているのだった。

「それが正しかったとして、どうだっていうの?」

「おまえはきっと知らないだろうな――ブーメランたちが、何を追いかけていたのかを。その任務の中身を、だ。ただ狩り立てろって命じられているだけなんだろ?」

「だったらなんなんだ? 何が言いたいんだあんたは?」

「俺は知っている。というか、推測がつく。それは三年前に、この辺りで囁かれていた噂に関係しているんだろうよ――奇妙な噂が流れて、それが我々の敵MPLSのもたらす現象ではないか、と上の方が判断したに違いないんだ……だからその真偽《しんぎ》を確かめるために、ブーメランたちは送り込まれたんだ。裏の話じゃあ、その最中に仲間の一人が能力暴走を起こしたので、統和機構に汚染対象として消されるのを恐れて、逃げたということだったが――その引き金になったのはなんだったのか。そいつはきっと、その噂に関係しているんだ」

「噂? そいつがブギーポップの噂だっていうの?」

「いや、そうじゃあない――そいつはもっと奇妙な噂だった。しかしな――」

スプーキーEは、耳元まで裂けるかと思うほどに唇の両端を左右に吊り上げた。あらゆるものを嘲《あざけ》り、蔑《さげす》んでいる者でなければとてもできないというような、すべてを馬鹿にしきった笑い方だった。その笑いを浮かべながら、スプーキーEは言った。

「そもそもおまえは、ブーメランの能力ってのがどういうもんなのか、上から聞いているのか？」

スプーキーEはねちっこい声で、メローに訊いてきた。

「………………」

メローは無言で、そのことが答えになっていた。彼女は狩り立てる相手のことをろくに知らない。ただ戦闘呼吸音などのデータをもらっただけだ。そしてブーメランについては、外見しかわからない。

「ブーメランの能力には〈ピクチャレスク〉というコードネームがつけられている。他に似たような能力を持つヤツはいない――」

「ヤツは〝ワンオフ〟だったの？」

メローは合成人間の間でのみ通用する隠語《いんご》を使った。

それは当初の予定と全然違う能力を持って生まれてしまった合成人間のことである。普通は使いものにならないので、他の者たちからは侮《あなど》りの対象になっている。ほとんどが処分され、残る者もほとんど使い捨てのような任務に就かされるという――その言葉を口にした後で、メローは、はっ、とした。

（そうか――スプーキーE。こいつも〝ワンオフ〟なのか……？）

彼女の表情を見て、スプーキーEはニヤリとした。

「そういうことだ。だから他の、のほほんと任務のことだけ考えていればいい連中よりは、目《め》端《はし》が利くってわけだ。おまえみたいに、スーパービルドだって特別扱いされてるガキなんぞには想像もつかないものを見てきたんだ――」

「…………」

「ブーメランを侮るな。ヤツは本来なら、自分の監視役としてつけられた男たちを自分のためには生命も惜しまない下僕に変えてしまったんだからな」

「へえ――？」

メローの顔に不敵な笑みが浮かんだ。

「ロデオやフィクスよりも、ブーメランの方が強いってことか？」

強いヤツとやりたがるのが彼女の基本姿勢である。だがこの彼女のやる気に水を差すように、スプーキーEは静かに言った。

「ブーメランは強いて言うなら、情報分析型というところだ」

「あ？　なんだ、戦闘用じゃないの？」

「ヤツは、ひとりではなんの役にも立たない。仲間の合成人間がいて、はじめてその能力が活《い》かされる――他の人間に近づくと、そいつが経験したことから、核心に迫る特別な情報を引き出すことができるという」

「どうやって？」

「さあな。俺は知らない。そして統和機構の研究者たちにもわからなかったそうだ。共鳴現象とか、脳の記憶部位の電位差を感知して、その人間の無意識の真相を読み取っているのではないかとか、色々と言われたが——まあ、要するに巫女《みこ》みたいなものだ。本人も自覚していないような内面の秘密を掘り起こして、お告げをしてくれるって感じの、な——本人にはなんのプラスにもならない、虚しい能力だ」

「あんたの感想なんかどうでもいいわよ」

メローは苛《いら》ついた顔になり、棘《とげ》のある声で、

「それで、その巫女《みこ》能力とやらで調べろって言われた、その噂っていうのはなんだったのよ？」

と訊いた。

「ああ。そいつはほとんどお笑いな話だった。馬鹿馬鹿しいにも程があるってもんだった。そいつは」

スプーキーEは、はん、と鼻先で笑った。

「死んだ者が生き返る場所がある、というものだったんだ」

4.

(しかし――あの噂はなんだったのか)

ダウン・ロデオはあらためて、そのことを考えていた。

彼自身はそのことの詳しい内実は知らない――リーダーであるブーメランが上からの指令を受けて、彼はその命令に従っていただけだからだ。

現在もそれは変わらない――メローの偵察にフィクスが出ている今は、ロデオが彼女を守る役目を負っている。

薄暗いアジトに、ブーメランの呻き声混じりの寝息ばかりが広がっている。

「――――」

ロデオはフィクスとは異なり、彼女のことをずっと見つめ続けているのが常だった。

彼女は記憶混濁がひどく、かつての状況はまったくわからない。少なくとも本人はそう言っている――。

(……いや、それを考えても意味はない)

彼もフィクスと同じように、ブーメランに対しての疑いを持たない。

(あの噂――あれは本当だったのか? 死者が生き返る場所がある、というのは……)

その不思議な話は、一匹の猫が車にはねられたのに、翌日にまた歩いているところを見た、というようなところから始まったらしい。その猫の飼い主が、猫の死骸《しがい》を入れた包みを持ってとある墓地に入っていくのを見た、そして出てきたときには生きている猫を抱いていた——というような、いかにも怪談的な無責任な噂に発展し、いつのまにかその場所は、ペットが死んだらそこに連れていけば生き返る場所、ということになり、しまいには人間でも生き返るらしい——というような話にまでなっていったのだという。

(馬鹿馬鹿しい、と思った——しかし任務は任務だ。その真偽を確かめろ、と言われたら従うだけだった、俺たちは……)

それで、その墓地というのは具体的にどこか、その噂の発信源は、どういった者たちの間で広まったのか、というようなことを調べていったのだった。

そして——その途中で〝ピクチャレスク〟が発現したのだった。

その時に彼女が、その口から漏れた言葉は未だに謎のままだ。

(あれはどういう意味だったのだろうか。いつもブーメランの箴言《しんげん》は訳のわからない言葉であることが多いが——問題の場所が外なのに〝中二階《メザニーン》〟とは?)

確かになにかがあるとは思った。だがあんなにも決定的な打撃を、しかも前触れ無しで喰らうことになるとは——。

あの光景は眼に焼き付いている。

ブーメランがずたずたになって倒れていて、その横に——ミイラと化したセピアの死体が立ちつくしていたあの光景。

フィクスは、セピアが暴走したに違いないと思っているし、ロデオもその可能性は否定できないとは思う。だがそれだけではないのかも知れないと疑ってもいる。

(ブーメランは——思い出せないと言っているが、その記憶混濁は、ショックでただ忘れただけなのか?)

もしかすると——とロデオは考えている。

その記憶がなくなっていること、それ自体がなんらかの〃攻撃〃を受けたせいではないのか。

(ブギーポップ……メザニーン……三年前、ブーメランは何を目撃したんだ……?)

ロデオは、昏睡《こんすい》状態に近いブーメランのことを見つめ続けている。

(記憶——記憶か……)

整理のつかない思考にとらわれながら、彼はこれまでずっと隠れ続けてきた。それを支えてきたのは、彼の中のブーメランたちと過ごした想い出のためだ。記憶によって行動していると も言える。そうでなければとっくに、彼女とフィクスなど放っておいて一人だけで逃げ出している。その方がより安全だからだ。

(もしも、人から想い出を奪ってしまう能力などというものがあるなら、それはどんな敵も無力化できる究極の力だ。敵意の源たる恨みも憎しみも、すべては記憶に支えられているのだから……）

そんなことをぼんやりと考えていたら、いつのまにか眠っていたはずのブーメランが、眼を見開いて自分の方をじっ、と見つめていることに気づいた。

「…………」

その視線が、どきりとする程に熱っぽく、絡《から》みついてくるようなものだったので、ロデオは焦った。

「ど、どうした――起きたのか？」

そう言いながら立ち上がって、彼女の元へと向かった。ベッドからだらりと垂れている彼女の腕を手にとって、そこでもぎょっとした。

異様に冷たい。

だがその氷のような手が次の瞬間、ぐりっ、とねじれるように動いて、ロデオの腕を逆に鷲《わし》摑みにした。

「…………」

そして、上体がベッドから起きあがっていく。その間も、視線は一度もロデオから離れない。

「…………」

ひたひたと、眼光が迫ってくる。

「ぶ、ブーメラン……？」

ロデオは蛇《へび》に睨まれた蛙《かえる》のような表情になっていた。その彼に、彼女はゆっくりと顔を近づけていき、そして半開きになった唇から声が漏れ出す──。

「──わい、よわい、弱い──弱い弱い弱い弱い弱い弱い弱い弱い弱い弱い弱い……」

え、とロデオが眼を丸くした瞬間、彼女はその一言をつぶやいた。

「おまえらでは、弱い──だが、ないよりはマシだ……」

ロデオが戦慄《せんりつ》したのは、その言葉にではなかった。その声にだった。

（だ、誰だ──こいつ？）

それは彼の知っているブーメランから出るはずのない声だったのだ。

次の瞬間、ロデオの頭の中でなにかが炸裂《さくれつ》した。視覚、聴覚、嗅覚、味覚、触覚──感覚のあらゆるところを爆発と閃光が吹き飛ばしてしまうような衝撃が走った。

急速に薄れゆく意識の中で、ロデオの眼にちらりと入った光景は、ブーメランのわななく唇から赤くて黒い血が、つうっ、と流れ落ちるところだった。

＊

「なるほどね——そういうことだったのか」

スプーキーEから話を聞かされたメローは、ブーメランたちの任務の意味を理解した。そして同時に、あることも察していた。

「でもさ、それって——その〝ピクチャレスク〟ってのは、ほんとうに合成人間としての能力なの？」

そう言うと、スプーキーEはニタニタと笑いを深くした。

「ああ、そうだな——こいつはどっちかというと、MPLS能力のにおいがする話だな」

「統和機構が滅ぼそうとしているはずの、その相手よね——ふふん。やばいと思われつつも、使われてたってことか」

メローはまた楽しそうな表情になる。

「なるほどなるほど——つまりロデオやフィクスたちも、その能力に影響されて、さらに進化している可能性があるって訳ね。確かにありゃ、かなり手強《てごわ》い感じだったな」

「ロデオがブギーポップという言葉に反応したというのも、ブーメランがその名を〝お告げ〟していたからだろうよ。ヤツらはどこかで——」

スプーキーEは分析して、意見を言いかけたが、これをメローは面倒くさそうに遮《さえぎ》って、

「ああ、ああ、そんな細かい話はどーでもいい。とにかくあたしは、ブギーポップもブーメランたちも、どっちも片づければいいだけのことだ」

と、事態をひどく単純に整理してしまった。スプーキーEは肩をすくめる。メローは彼のことを見つめて、

「つーかさ、あんたは他のヤツにはこーゆー情報を教えてやったのかね？　あたしがこの任務を命じられたのは三ヶ月前で、それ以前にも当然、ブーメランを追っていたヤツらがいたはずなんだけど……そいつらにも何か言ってやったりしてたの？」

と訊いた。スプーキーEは薄く笑いつつ、

「んな訳ねえだろ」

と切り捨てるように言った。それは当然だ。他のヤツに手柄を立てさせてやるような呑気《のんき》な合成人間などはいない。しかし、だとしたら……

「じゃあ、なんであんた、あたしに情報を与える？」

「だから、おまえにブギーポップを消して欲しいからだよ。そう言ったろ？」

「そうかね――そうなのか？」

メロー・イエローはじろじろと、目の前の不気味な男を見つめ続ける。

だがすぐに、あれこれ考えるのが面倒くさくなり、

（ま、いっか——ガセネタだったらこいつを改めて始末すりゃいいだけだし）

　と簡単に決めてしまった。

「——————」

　そんな彼女を、スプーキーEはその大きい癖に妙に暗い光をたたえた眼で見つめ返している。

　メローは、

「とにかく、ブーメランたちはその、死んだ猫が生き返ったとかいう——墓地か？　そこに行って、それでおかしくなったんだな？　そんでもって、そこにはブギーポップという言葉が関係している、って——」

「そんなところだ」

「それだけわかりゃあ充分だわ。次に行くところが決まった」

　メローはニヤリと笑った。そしてそのまま、この場から去ろうとした。するとそこで、

「待てよ——これを持っていけ」

　とスプーキーEがなにかを放り投げてきた。

　反射的にそれを受け取って、そこでメローは眉をひそめた。

　きらきらと光る、小枝のように小さな小さな、透明の棒。

　強化樹脂の筒の中に、微量の液体が入っている。

　それは小さな薬品アンプルだった。どこにでもありそうな、注射用の栄養剤か風邪薬か、と

いうようなものだ。しかしメローには、その無色透明の液体が放つ異様な迫力がわかった。

「おい――こいつはまさか〝合成促進剤〟か？」

「ああ。その通り。俺がカミールを引き受けるときに、念のためあいつに投与しておけと言われて渡されていたものだ――万が一、あのクズ女に能力が眠っているかも知れない、ってな」

「打たなかったの？」

「俺はあいつを利用するために引き取ってやったんだぞ。拒絶反応でも起こされて殺しちまったら意味がねーだろうが。それにもしも、ほんとうに能力が目覚めたりしたら、それはそれで腹が立つしな」

くっくっくっ、と気味の悪い声を漏らす。

「……なんであたしに寄越す？」

「いや、なんつーかな……おまえは強くなりたいんじゃないか、って思ってな。そいつをテメエに打ったら、あるいはさらなる能力の覚醒《かくせい》があるかも知れないぞ。どうだ？」

「………」

「ああ、俺が自分に打たないのは、もう意味がねえからだ。俺はそいつよりも濃いのをさんざん投与されて、今の俺になったからな。効かねえんだよ、もう。しかしおまえはそうじゃねーはずだ。スーパービルドで、細かく設計されて生まれてきたおまえは、後から薬物で調整する必要もなかったろうからな」

「………」

メローはその薬品から目を離せなかった。

そんな彼女を、スプーキーEは暗い目つきで見つめ続けている——。

（わかってるんだよ、メロー・イエロー……おまえみたいなヤツは火に飛び込む蛾《が》と同じだ。自分は空を飛べるから、どこにでも行けると思いつつも、実はどこにも行くところがない。少しでも惹かれるものがあると、手を出さずにはいられない——死にたがりのメローだって？俺から言わせれば、おまえはただのドジな小娘なんだよ——ブギーポップを倒す、だって？おまえが？　この身の程知らずが——おまえはブーメランにさえ勝てっこねえ）

無言のうちに丸い顔の、膨れ上がった頬が罅割《ひび》れるように裂ける。それが笑いだとすれば、見る者をぞっとさせるだけの効果しかない笑いもこの世にはあるのだ、ということを示していた。それは笑顔という人間同士の温かなコミュニケーションを象徴するようなものの中にさえ、どうしようもないほどの底なしの暗黒が穴を開けているのだ、ということを証明していた。

（おまえができることなんて、もう何もないんだよ、メロー・イエロー……勝手に突っ走って、適当に自滅してくれや。俺にとっちゃおまえはもう死人だ。ブギーポップは俺が殺してやるから、おまえは安心して殺されてくれや）

?

Question

6

『友情ってなんですか?』

(ヒント)結局は相手次第です。

1.

……眠れない。

小守時枝は、自宅のベッドの上でまんじりともせずに横たわっていた。

少し前までは、受験で寝る間も惜しんで勉強していたから、この時間はまだ起きていたものだったが、今はその必要はない。そして昨日までは、すぐに眠りにつけたのだ。

でも今夜は、なかなか眠れない。

（あれから——幹也くんは睦ちゃんに電話とかしたのかな……）

メロー・イエローという奇怪きわまる存在と遭遇し、あまつさえそのその協力者にさせられているという状況のはずなのに、なぜかそっちの方はあまり頭に浮かばない。

今日の出来事で結局、一番印象が強いのは小守幹也との再会のことだった。

（ほんとうに、幹也くんはいきなり現れたように見えたわ……びっくりしたわ）

あのときの感覚は、胸のどきどきは、今でもまだ身体の奥に残っているような気がする。

メローは、彼女たちに〝ひとつだけ、なんでも願いを叶《かな》えてやる〟というようなことを言っていたけど、彼女が今、一番願っていることは——それは彼女自身がどうにかしなければならないことだった。

（幹也くんは睦ちゃんのことが……でも私は……）

想いが頭の中でぐるぐると回る。

（でも、睦ちゃんの方はどうなんだろう、幹也くんのことを今はなんとも思っていないみたいだけど……でも竹田くんという人のことを忘れたら、どうなんだろう……）

考えようのないことを、無理矢理に考えている。

（私が先に、睦ちゃんに私の気持ちを言ってしまえば……もう幹也くんが告白してきても、睦ちゃんは断るかしら？　それとも逆に意識しちゃって――別に親友だからって、遠慮する必要はないのかも知れないし……ああ）

胸の奥から苦々しいものがわきあがってくるような感じがした。

（幹也くんは、私が睦ちゃんを恨んでいるか、と訊いてきたけど……もし私がこんなことを考えているって知ったら、睦ちゃんの方こそ私のことを軽蔑するんじゃないかしら……）

しかし、こんな気持ちになるなんて、昨日までは全然考えていなかった。

三年前に、一度はあきらめたはずの気持ちだった。もういいや、って思ったはずのことだった。

それがなんで、こんな急に、全然終わっていなかったということを痛感することになったのか……時枝は自分の心が自分でも不思議で仕方がなかった。

明日は、またメローと一緒にブギーポップ探しをすることになっているから、そこには当然、幹也と睦美もやってくる。こんなぐちゃぐちゃな気持ちで二人に会うのが怖いような、でも会わずにはいられないような、複雑な気持ちのまま、彼女は眠れぬ夜を過ごしていく……。

2.

……そして同じ頃、時枝の悩みの種である真下幹也本人は、まだ帰宅せずに、一人で外をふらふらと歩いていた。

「………」

そこに、他に人通りはない。月光が路面を照らし出している。坂を上っていくと、その向こうには鉄塔がそびえ立っている。

ここは、最初にメロー・イエローが彼らの前に姿を現した、あの場所であった。時枝が「割と綺麗」だと思って写真に撮り、その隅に睦美がなぜかブギーポップの影を幻視したあの鉄骨の塔の下へ――。

「………」

幹也はとまどったような顔である。

だがそれでも、鉄塔の近くまでためらいのない足取りで進んでいく。そこを目指しているのだった。

「…………」

ちら、と下を見る。そこには穴が空いていて、下から水が流れる音が響いてくる……ダウン・ロデオがメロー・イエローとの戦いで逃走した抜け穴が、まだそのまま残っていた。

一瞬で地面を崩し、下水道まで貫通させた能力——その痕跡を見て、しかし幹也は変な気持ちにとらわれていた。

（……なんで、全然怖くないんだ？）

それはメローに対しても感じていた気持ちであった。合成人間、などという突拍子のない話を聞かされて、しかし彼はほとんど動揺しなかったのだ。

（館川や小守は、ある程度はとまどっていて、驚いてもいたようだったけど、僕は……）

まるで……と脳裏にある考えが浮かびかけたとき、その音が響いてきた。

それはほとんど風に紛れてしまっていて、かすかに耳に届くといった程度の、ささやかな音楽だった。

口笛の音が、暗い夜の世界に響いている。

「…………」

幹也は顔を上げた。

その音がどこから聞こえてくるのか、彼はわかっていた。

その口笛にはあまり向いていないはずの曲〝ニュルンベルクのマイスタージンガー〟を奏で

ている者がいるところ……それはまさしく、睦美が写真を指差した鉄塔の、てっぺん近くの片隅にいた。

幹夫の視線を、そいつはまっすぐに受けとめている。最初からそいつは、彼の方を見つめていたのだ。

それを何に喩《たと》えればいいのか——それは人というよりも一本の黒い棒のようだった。腰掛けているので、その棒は曲がっている。しかし鉄塔と接している部分は、まるでそこから溶け込んでいるかのように、シルエットが一体化していた。

筒のような黒帽子《ぼうし》を被《かぶ》って、筒のようなマントで身体をくるんでいる。やけに白く見える顔に、昏の黒いルージュが無駄に鮮烈に浮かんで見える。

それは左右非対称の、歪んだ表情を浮かべていた。

その顔には見覚えがあった……今日、あの高校の前で出会った少女、宮下藤花と同じ顔をしていた。

「——やあ、やはり来たね。君はここに戻ってくると思っていたよ」

話しかけてきたそれがなんなのか、幹也は相手が名乗る前からわかっていた。

「——ブギーポップ、か……」

自然とその言葉が口をついて出た。黒帽子はうなずいて、

「それが名前だね。もっとも名前など、大して意味はないんだけどね」

とぼけたように言った。その声は少女のままのようで、でも少年のようでもあって、性別不明のいわくいいがたい響きを伴っていた。

「いったい、おまえはなんなんだ……？」

幹也はそう訊いたが、これに黒帽子は首を横に振った。

「君は、そんなことを知りたいとは、別に思っていないはずだよ。今回の件で、それを求めているのは、メロー・イエローというあの恋する乙女だけだ。それもただぼくが強そうにみえるから、というだけのことで、やっぱり大して意味はない。ぼくは誰にも関心なんて持たれていないのさ」

さらりとした口調である。そして付け足すように、

「鍵を握っているのは館川睦美なんだから、ね」

と言った。

その名を言われて、幹也は顔を強張らせた。

「ど、どういう意味だ？」

「それを知りたいとは思っていないのが君だよ」

「なんの話だよ？」

「過去の話だよ。実のところ、ぼくからするとこの件はもう、三年前に終わってしまっているんだよ。君らはそのときの名残にすぎない。亡霊みたいなものだ」

「ぼ、亡霊って……」

「君は、今日——何かを探しに、街に出た」

突然、黒帽子はそう断定した。その通りだったからだ。幹也はぎくりとした。その通りだったからだ。黒帽子はそんな彼に、淡々とした口調で言葉をかぶせてくる。

「偶然だということになっていたみたいだが、偶然のはずがないんだ。君が館川睦美に声を掛けて、そして——戦闘の痕跡から見て、ここにいたのはダウン・ロデオのようだが——彼が館川睦美に興味を持ったのがたまたま同時だった、なんてことが起きたのは、当然のことながら、そこにある種の引力が働いていたからだ」

その声はひたすらに冷静で、なんらかの操作を加えようという意図はまったくなかった。事実を述べているだけだった。

「………」

幹也は押し黙っていた。彼の顔に浮かんでいるのは、もはや疑念ではなく——苦悩だった。

「時間切れ——悲しいかな、そういうことだ。すぐに〝メザニーン〟の影が動き出す。君にできることはほとんどない」

黒帽子は相手におかまいなしで、淡々と意味不明の言葉を連ねていく。

「メザニーンって——なんだ？」

「ぼくが付けた名前じゃない。あの〝彼女〟が気まぐれでそう呼んだんだろう……君にとっては、それはただの災厄《さいやく》だ。しかも、もう手遅れの――」

「僕は、いったいなんなんだ?!」

幹也は絶叫した。

「どうして訳のわからない感覚が急に浮かんでくるんだ?! 何をやっていても、なんだかどうでもいいような気がしてならないのはなんでだ?」

それは切迫した響きを伴う声だったが、これにも黒帽子は冷めた口調で、

「君にとっては慰めにならないだろうが、誰もが君と同じようなことを感じながら、一生を送るんだよ。自分にはもっと別に、本当にやるべきことがあるんじゃないか、と心のどこかで思いながら、日々を過ごしていく。自分をごまかしながらね――しかし君の場合は、ごまかしていたのが君自身ではなく、別の人間だったということだ。だから君には、やるべきことが最初からない――」

と、さらに意味不明の言葉を重ねていく。

「――最初から……」

そして言われている幹也の方は、全然その意味がわからないにも関わらず、心の奥底ががくがくと痙攣《けいれん》するような感覚にとらわれていた。理解できないのに、衝撃を受けていた。

「僕は……?」

彼はまた、ダウン・ロデオがあけた地面の穴に眼を向ける。

「これを……知っているのか……？」

「もう知らない。そして想い出すことも、きっとできない——それらは失われたからだ」

黒帽子はうなずくような仕草《しぐさ》をして、そして幹也に、

「君はおそらく、この混乱を終わらせることだけはできる——それを選ぶかどうかは、君次第だ」

と宣告するように告げた。

月が、そんな二人を冷たく照らし出している——。

3.

〝あのさあ睦美、悪いんだけど私もう眠いんだよね。あんたもそんなブギーポップの噂なんか今さら気にしてないで、早く寝なさいよ。肌が荒れるわよ〟

そう言われて、電話は切られた。

「うー」

私は携帯を放り出して、ベッドにごろりと横になった。

「うー……」

ブギーポップの噂を集めろと言われはしたものの、どうすればいいのか全然わからない。友だちにあれこれ訊いたところで、当たり前だが私と同じくらいしか知らないに決まっているからだ。それに学校を卒業したばかりの元同級生たちは、そろそろ新しい学校や就職先のある場所に引っ越したりし始めていて、気分がもう、高校時代の噂話を蒸し返そうというようなものではなくなっている。話自体にまるで興味を持ってくれない。

「あー……でも」

天井に向かって、私は独り言を呟く。

「そうだなぁ……こんな風にして、色々と薄れていくんかねぇ……」

ふと、昔飼っていた猫のことを想い出した。キットンという名前で、そんなに肥ってもいなかったのにやたらと丸顔な子だった。友だちからはブサイクな猫だってよく馬鹿にされたけど、私にはとても可愛い子だった。

（キットンのことも、もう昔ほど覚えていないな……）

意味もなく、私は泣きたいような気分にとらわれた。自分がとんでもなく冷たい人間なんじゃないかと思うと同時に、みんながどうでもいいと思うことにいつまでもこだわり続けている流行遅れの馬鹿なヤツのような気もして、矛盾しているはずのそのふたつの気持ちは結局、どっちも切ない感情にしかつながかっていなかった。

「……あー……」

私は両手で顔を覆《おお》って、深いため息を空に向かって吐き出した。するとそのとき、

「なんだよ、その吐息は。たそがれてんのか？」

突然、声がした。

びっくりして振り向くと、窓の外に人影が浮いていた。

いつのまにか鍵を閉めていたはずの窓が全開になっていて、メロー・イエローが空中に胡座《あぐら》をかいていた。

「よお、まだ起きてたな」

気楽な表情で挨拶してきた。

「ど、どうして——？」

「空気が通るところなら、あたしは〈ブレス・アウェイ〉でどんな鍵だって開けられるんだよ」

しれっとした顔で言う。

「いや、っていうか——なんでウチに来てんのよ？」

私はそう訊ねたが、メローは無視して、

「ブギーポップのこと、少しはわかったの？」

と逆に質問してきた。

「まだ調べはじめたばっかりよ——なんなのよもう」

私がぼやいている間にも、メローは空中をすべるようにして、そのまま部屋の中に入ってきた。

そして窓とカーテンが、音もなくひとりでにすーっと閉じる。思わず私は、

「アラジンと魔法のランプか、あんたは……」

とぼやいてしまう。するとメローは、むわ、と変な声を漏らして、

「魔人様ってのもあれこれ面倒なんだぜ」

ふざけた口調でそう言った。そしてさらに、

「噂は集めてみたの?」

と訊いてくる。

「だから、ろくに情報はないわよ。ていうか、ブギーポップの噂自体がもう廃《すた》れだしているみたいな感じもあるし。やっぱり自殺者の騒ぎがあった頃が最高潮で、今はどーでもいいんじゃないかしら」

「どーでも良かろうがなんだろうが、あたしには関係ないし。つーか噂が消えただけで問題も解決してくれるなら、誰も苦労しねーし。とにかく話は聞いたんだろ。そいつを教えろよ。そうしないとデマのほうだかどうか判断できない」

「デマ?」

「ああ。デマが混じってるんだと。噂の中じゃ」

「いや、だったら全部デマじゃないの？　そもそも」

「その中にも、でっち上げられた完全なデマがあるって話だ。確かな筋で訊いた」

「どんな筋よ？」

「そのデマを流してる本人だ。だから間違いない」

「……なんの話なの？」

私は訳がわからなくなってきた。しかしメローはふざけたような顔のまま、

「統和機構の中は、ぐしゃぐしゃしてるってことだよ。あちこちで勝手なことをしてるのさ」

と投げやりな口調で言うだけだった。

「……なんか、自由そうでいいわね」

私はしみじみと呟いた。するとメローが、ぽかん、とした顔になったので、続けて、

「あのさあ、何でもひとつお願いできるって話だったわよね？　あれってさ、たとえば、その――入れてくれ、みたいなことでもいいの？」

と言ってしまった。なんでそんなことを言い出したのか、自分でもよくわからない。

「はあ？」

メローは何を言われたのかわからないみたいだった。だから私は、

「だから……統和機構ってのに入れてくれないかなー、なんて――」

と、ぼそぼそと囁くように言ってみた。

いや、別に深い意味はない。

ただなんとなく、これからの私の人生というものを考えてみる。平凡に生きて、ありふれた幸福とよくある不幸と、ささやかな希望と大したことのない絶望とを交互に味わいながら、そこその人生を送れれば、それだけで充分だと思わないと、きっと分不相応《ぶんふそうおう》なんだろうな――欲張りすぎればろくなことがなさそうだし、とか……なんだか先が見えるというか、こんなもんだという感じがしてしまう。才能も取り立ててあるわけでもないし、特別にやりたいこともない……不満があるわけじゃないけど、なんだか燻《くすぶ》っているような気分の消えないような、そんな人生。

でも、統和機構というところには、そんな感覚なんか全然ないような気がする。そこに属していると、刺激的で明日も知れないかわりに生きてる快感も常に味わえるような、そんな人生があるのかも知れない――そんな風に思っただけだ。ちらっ、とだけ。

……後から思うと、このときの私はなんにもわかっていなかった。その、不満があるわけじゃない人生というのがどんなに貴重で、このときの私が持っていた、とてもとても大切な、かけがえのない存在を失うことなんて、考えてもいなかったからだ。私は馬鹿だった。とんでもなく脳天気なだけの、うぬぼれ屋の愚かな小娘だった。

どうして自分が、特別じゃないとか思えていたのだろうか。私は統和機構でさえ及びもつかない異形の存在に触れて、その上で死神に関わる運命のまっただ中にあったというのに。そしてそれはただひたすらに悲しいだけで、そこに生の快感など欠片《かけら》もなかったのだ。

「………」

メローイエローは、そんな私のことをぼんやりと見つめていたが、やがて——大声で笑い出した。

「ぶふはははははっ！」

あんまり声が大きいので、外に聞こえるかと思った。

「ち、ちょっとそんな大声出さないでよ——」

「聞こえねーよ、どこにも。音は伝わらせてねーからな——しかし」

笑いながらそう言う。空気操作の能力でどうにかしている、ということらしい。

「しかしよ——知らないってことは怖いもんなしだな、ホント。いやこいつは、実に笑えるよ——」

そしてまた大笑いする。私はなんだか、その笑いで腹が立つというよりも不安にさせられる。

「な、なんなのよもう。いいのよ別に無理なら無理でも。そんなに真面目に言ったわけじゃないわ」

恥ずかしい感じもして、頬が熱い。

「まあそうだろうな。そういうことにしとけ。そんなとんでもない話は、冗談にしとくのが一番だよ。あー、腹が痛え」

メローはまだ笑っている。でもそれは冷たい笑いだった。誰の共感も求めない、孤独で寂しい笑いだった。

「どう勘違《かん》いしたら、そんな話が出てくるんだろうな──ひひっ、ひひひふふ……」

「……」

私はどう対応して良いやら、困惑していた。でもひとつだけはっきりしたのは、

（やっぱり、そこに入れば自由で気楽に生きられる場所なんてものはないんだわ……どこも一緒で、結局はなんとなく息苦しくて、つらいことを我慢しながら過ごしているんだわ、みんな──）

ということだった。少なくとも、合成人間とか言っているこの少女は、投げやりにならざるを得ないだけの、苦しい目にも色々と遭《あ》っているのだろう。そういうことを考えもせずに、私は──

「──ごめんね」

なんとなく、気づいたらあやまっていた。

「は？」

メローも当然、きょとんとしてしまい、

「な……なんで？」

と訊いてきた。でも私だって、自分でもなんでそんな言葉が出てきたのかよくわからないか

ら、

「なんでもないけど、でも、ごめん」

とさらに訳のわからない言葉を繰り返すだけだった。

4.

「…………」

メロー・イエローは、目の前で変に恐縮した顔をしている館川睦美のことを、じろじろと観察した。ふざけている感じはしない。しかし言っていることは支離滅裂《しりめつれつ》で意味不明である。

(なんだかねえ――統和機構に入りたいって言うけど、しかしこいつ、実際にスプーキーEとかが目の前に現れたら、腰抜かしてひっくり返るだろうな……平和に生きてんだもんなぁ――)

彼女が始末屋として、統和機構から不要品と見なされて殺してきた連中の顔が、ちらりと頭をよぎった。中には自分がどうして殺されるかわからない、おめでたいヤツもいた。しかし彼女は、どんなヤツでもそいつに殺される理由を説明してやってきた。すると当然のことながら反撃される訳で、そんなことをしているから、死にたがり、とか呼ばれることになったのであるが、でもその度にメローはいつだって感じてきたものだ。

（殺されるだけの理由なんて、ほんとうはどこにもない——勝手に言われるだけだ。でも統和機構というのは、そういう風にできている——それに関係しているすべてのことも）

そしてそれは、メロー自身にとっても同じことなのだ。

始末屋が、とても自分では勝てそうにない強敵を倒してこいと命じられたら、それは殺されてこいと言われているのだ。そしてそのことを事前に知ることもできない——やってみて初めて、相手がとんでもない存在だと気がつく……自分が相手の力を測るためだけの捨て石にされていたのだと悟るのだ。

（……ブーメラン——）

スプーキーEの情報が正しいのなら、そしてあのロデオの逃げっぷりからしても、三年も潜んでいた彼女たちは倒しにくい相手であっても、圧倒的な返り討ちに遭いそうな感じではない。それでも何が起こるかわからないのがメローの〝仕事〟である。

（はたして、どうなるか——）

彼女はそんなことを思いながら、睦美のことを見つめ続けていた。

「な、なによ？　怒ってるの？」

睦美はとまどっている。メローは、ふう、と息を吐いて、

「あのさ、ひとつ言っておくけど——あたしがダメになったら、報酬の件はナシだからね」

「へ？」

「もしかすると、次のヤツがあんたたちのことを嗅《か》ぎつけて、接触してくるかも知れないけど、そんなのは絶対に無視しろよ。欲を出して、何か知ってる素振りなんか、絶対にするな。わかったね？」

「だからなんのことよ？　ダメって――」

言ってる途中で、睦美ははっとした。どうやら気づいたようだ。

メローはニヤリとして、

「でももちろん、そんなつもりはないからね。約束したからには、あんたが望むものを必ずくれてやるから。しっかり考えときなよ、欲しいものを、さ」

「……別に、私は」

睦美はまた困惑したように口ごもった。それからおずおずと、

「じ、じゃあさ……たとえばあんただったら、何が欲しいのよ？」

「あたし？　そうねえ――今だったらブギーポップの正体と強さを知りたいと思うね。もしかして、先生が気に入るかも知れないし」

「……先生って、あんたが相手にしてもらえないっていう、その彼のこと？」

「そう。先生は強いヤツを探しているから」

うっとりとした顔でメローはしみじみと言った。睦美は呆《あき》れたように、

「……それってあんた自身の望みじゃないじゃん。私と大差ないわ」

と言った。するとメローはニヤニヤしながら、

「じゃあ竹田くんとやらに、まだ気に入られたいのかよ、あんたも」

と意地悪そうに訊いてきた。睦美は苦い表情になる。

「……難しいじゃん、もう」

口を尖らせてそう言うと、メローが、

「じゃあさ、いっそあの宮下藤花って娘を消しちまおうか」

と、とんでもないことを言った。睦美はあわてて、

「じょ、冗談じゃないわよ!」

と大声を上げてしまった。メローも大笑いする。

「まあ実際、宮下が消えてもあんたが告白できなきゃ意味ねーしな。それができなかったんだもんな、なあフラレ虫」

「ううう……」

睦美は反論できず、唸《うな》るしかない。

なんだかそれは、奇妙な風景だった。

少女が二人で、夜遅くまで恋の話をしている——それだけならばこれは、どこにでもあるごくありふれた光景だった。当たり前の方が、この二人が置かれているはずの異常な状況よりも印象として勝《まさ》っていた。

戦うために生まれた合成人間だろうが、平凡な人間だろうが、結局は皆、どこかで同じ――そういうことかも知れなかった。

メローは肩をすくめて、

「まあ馬鹿話はその辺にしておいて――ブギーポップの情報がまだイマイチ集まんないっつーなら、別の噂についてはどうだ？」

「別の？」

「聞いたことないかな、死んだペットが生き返る場所があるとか、なんとか――三年ぐらい前のことらしいけど」

メローはスプーキーEに言われたことをそのまま訊ねた。しかしこれに、睦美は、

「……よくわかんないけど」

と釈然としない表情をしている。

「でも、それって不愉快な話だわ」

「なんで？」

「だって――三年前でしょ？　その頃にキットンが、私のウチのペットが死んじゃってるんだもの……」

睦美は怒っているみたいだった。メローは、ほ、と口を丸くして、

「じゃあ噂は聞いたことないのか？」

「ないわよ。あったら——」

言いかけて、睦美は口ごもった。

「あったらなんだよ。はっきり言えよ。自分もそこに行っていたかも知れないって？」

「——とにかくそんなものは信じられないし、考えたくもないわ」

「まあ、知らないなら知らないで仕方ねーけど」

メローはさほど困った様子もなく、ひとりうなずいた。

「それほど広まっていた訳じゃないことはわかったし、信憑性も増したよ」

「どういうこと？」

「その噂が出た時点で統和機構が調査に掛かっていたらしいんでね。だとしたら、情報操作でそれ以上は話が広まらないようにされた可能性が高いのさ」

「…………」

「とにかく、明日はそこに行ってみるから。あんたたちも来なよ？」

「……あんまり気が進まないなあ」

「あんたは来なくても、他の二人のどっちかは来てもらうからな。当時の感覚を聞いておきたいから」

メローがさらりとそう言ったら、睦美は何故か急に、え、と驚いた顔になる。

「……時枝たちにも行かせるの？」

「そうだよ。なんで気にする？　別に危険じゃないだろ。三年前の話だぜ――今日と同じだよ」

「……………」

「なんだ、あの二人だけで行動させると嫌なのかよ？　仲間外れにされるってか？」

「そうじゃないけど――」

「あのさ、もしかして時枝の方は、幹也のことが好きなんじゃねーの？」

ひひひ、といやらしく笑いながら言う。睦美は、うん、とうなずいて、

「たぶんそうだと思う――やっぱり、見てるとわかるわよね」

「気になるか？」

「まあね、そりゃね――時枝は小学生の時からの親友だし」

「じゃあ、あんたも来いよ――昔のことなんて気にしないで」

一方的にそう言われる。なんだか反対しづらい雰囲気になっていた。

「うーん……」

「なんだったら弁当でも持っていくか？　ピクニックでもしようぜ」

「遊び気分ねえ――雨が降るかもよ」

「あたしの能力をなんだと思ってる？　雨なんか身体に掛からないように、上に透明テントを張るぐらいは簡単さ」

あまりに自慢げに言うので、睦美はつい、ぷっ、と吹き出してしまって、

「……すごいんだか、せこいんだか、よくわかんないわ」

と呆れ口調で言った。

……しかし結局、この二人の予定は果たされることなく終わる。ブギーポップがその姿を現すとき、それまでのすべてが崩れ去るということを、このときの二人は知る由もなかったのだ――。

?

Question

7

『絶望ってなんですか?』

(ヒント)いくら消してもなくなりません。

1.

――死んだものが生き返る。

その奇妙な噂は、別にそのときになって生まれたものではない。

過去に――いや、人間が意識というものを持って以来、ずっとそのような話はいつだって囁かれ続けてきたのだ。

どんな神話であっても、そこに死者の蘇生《そせい》というモチーフを一切含まない神話など存在しないし、死者が幽霊、あるいは守護霊《しゅごれい》というような形でなおも現世に影響を与えているはずだという考えは世界のどこであっても、どんなに文明が発達した時代になっても決して消えたことはない。

生と死。このふたつは必ずしも、明瞭な境界線で区切られてはいないのではないか、という人々の感覚――あるいはそれは祈りのようなものかも知れないが――それはいつだって、どこにでもあった感覚なのだ。死んだ後でもなにかがあるはずだ、否、なければおかしい……誰もがそう思い、しかしそのことを突き詰めて考えるのはごく一部の求道者か、あるいは狂気の向こう側に落ちてしまった者のみで、大抵の人間は自分にそのときが訪れるまで、真剣には考えない。でも常に、心のどこかで気にはしている――その中途半端な共通感覚は、ふわふわと世界中を覆っている。

誰が始まりだったのか、もはやそれは遠い過去の話で、しかも本人さえその自覚があったのかどうかすら怪しい。

しかしそれはいつの間にか、ひとつに集まり、力場《りきば》を形成し、自律性を持つに至った。あるゆる反応が目指す目的――より巨大になろうとする傾向の元に。

他のものを喰らって大きくなる――万物に共通する指向性の元に。

それの性質はおよそ、ありとあらゆる生命にとって、世界の敵とでもいうべき危険な性質をはらんでいたが、一目見るなり〝彼女〟は、

〝くだらないわね。所詮はクズの寄せ集めだわ〟

そう言って、それを〝メザニーン〟と呼んだ。

*

(とにかく、この土地から一刻も早く離れなければ――メローに見つからないうちに)

フィクス・アップはアジトへ急いでいた。自分が敵に即座に発見はされないと見切ったので、これなら慎重にやればブーメランを移動させられる。

だが――アジトの近くまで来たところで、彼の顔色が変わった。

「――――！」

彼には、間に障害物があっても、その向こう側の者たちを感知できる力〈ヘビー・ヒート〉がある。その能力が今、アジトの中で生じた異変をいち早く察したのだ。

(体温が一人分――ロデオのものしかない！)

彼はアジトの中へと駆け込んだ。

「どうした！　何が――」

と言いかけたところで、フィクスの顔が強張った。

室内の真ん中で一人が倒れていた。ダウン・ロデオであった。そしてその横に、もうひとつの人影が立っていた。

「――――」

ブーメランが、その口から夥《おびただ》しい吐血をして、胸元をべったりと汚しながら、フィクスの方をどこか放心したような眼で見つめてくる。

ロデオは、ぴくりとも動かない……。

「な、なんだ……どうしたんだ、ブーメラン……その血は？」

一瞬、ロデオの首筋でも噛み切ったのかと思った。だがロデオ自体には傷ひとつないようだった。そして体温があるのは、やっぱりロデオの方で、ブーメランは立っているのに、彼の方を見つめてきているのに、それなのに……体温が全然感じ取れないのだった。

（まるで、もう死んでいるみたいに——）

フィクスが怯んだ。そこにブーメランが、ゆっくりと近づいていく。

「……る」

口から、譫言のような音が漏れた。

「……る……する……んする……」

そしてフィクスの方に、手を伸ばしていく——。

「う——」

フィクスは後ずさろうとした。だがブーメランの異様な眼光に射竦《いすく》められてしまい、身体が動かない。

「……まんする……がまんする……我慢する……おまえで、我慢する……」

ブーメランが奇怪な言葉を発した。だがそれをフィクスは訝しむ余裕はなかった。

次の瞬間、彼の身体はびくん、と激しく痙攣して、びいん、と直立不動になった。

（……な、なんだ……あれは？）

床に倒れているロデオは、身体がまったく動かないが、意識だけははっきりとしていた。その視界の隅で、フィクスがされていることが見えた。

透明の手が彼を吊り上げているように、不自然なつま先立ちでかろうじて立っている——いや立たされていた。そして、その顔の肉がびくびくと震えている。何物かが内部に侵入しているかのようだった。

そしてその顔が——変わっていく。

人の顔には、その人の内面が出るという。苦労した者はその経験が滲み出るとか、甘えて生きてきた者にはその怠惰《たいだ》さが露わになってしまうという。内面が外に、顔に反映されるのだとすれば、もしもその内面が、一瞬で変えられてしまうとしたら、顔もまた、それに引きずられて変形するのではないか——そんなあり得ないはずの仮定が、目の前で実現していた。骨格さえ変わっているようにしか見えない。

フィクス・アップの顔が、ブーメランそっくりになっていく……いや、それはブーメランではない。彼女とは思えない表情の、あの異様な顔の方だった。

そしてブーメランの顔からは、だんだんと力が抜けていく——。

(な、なんだと……ま、まさか、これは……)

ロデオは、その全身に力が入らない——さっき彼女の眼に見つめられたとき、一瞬で脱力してしまったのだ。

(俺から〝活力〟を奪ったのは——ブーメランからフィクスに〝乗り移る〟ために、わずかな間だけ彼女を生かしておくエネルギーが必要だったのか——)

そう……それはこんな風に噂されていた。死んだ者が生き返るのだと。そうではなかった。

死んだも同然の者が、別の生命を使ってひとときの輝きを騙《かた》るだけ——そして、その目的は。

（こいつは——こいつは……！）

痙攣しているフィクスの顔から、彼が消えていく。

そしてブーメランの顔と共に、その肉体に上書きされていくのは、それは、それこそが……。

（こいつが——〝メザニーン〟……！）

統和機構が彼らのチームに探索し、抹殺するように命じていたその〝敵〟が三年を経て、遂に目の前にいた。

2.

「が、ががっ……」

フィクスの口から声が漏れた。その声を聞いてロデオは戦慄《せんりつ》した。その響きには、さっきのブーメランと同じ感触があったのだ。

「ががごがっ、ががが っ……！」

それはなんだか、ラジオの周波数を合わせようとして回転式のチューニングスイッチを回しているときのノイズに似ていた。

そして——ブーメランの身体が、力を失ってがくん、と床に崩れ落ちると同時に、びくん、とフィクスだったものの身体が大きく震えた。

「う、うう――」

ロデオの喉から声が漏れだした。ブーメランが倒れたので、彼から吸い取られて彼女に流れていた現象が途切れて、活力が戻ってきたのだ。

だが……それでもロデオは立てなかった。

「ううう……！」

喉からさらに声が漏れた。それは恐怖の呻きだった。

「………」

目の前のそいつが、ゆっくりと彼の方を振り向いた。

そこにいるのはもはやフィクスではなく、そしてブーメランでもなかった。強いていうなら〝ブーメラン・アップ〟とでも呼ぶしかない、まったく異なる怪人――彼女の顔をした彼であった。

そいつは、自分の手のひらに目を落として、そして呟いた。

「――あるな、能力が……〈ヘビー・ヒート〉か……」

ロデオの方に眼を向ける。うなずいて囁くその言葉は侮辱的なものだった。

「やはりおまえの〈タイアード〉よりはこの男の方が性能がいいようだ。宿主はこっちにするぞ。これでもまだ、ブギーポップには全然不足だろうが……」

そう言った。そして口デオの方に近づいてくる。

「……ううう……」

ロデオはそのとき、今までの自分たちがどれだけ甘やかされた人生を送ってきたのかを知った。これまで危険だと思っていたことなど、すべてが大したことのないものだった。真の危機とは、あらゆる予測や想像を超えてなお過酷なものであり、容赦《ようしゃ》など一片もないのだということを悟った。

自分はこれから、殺される……だがそれさえもどうでもいいくらいの絶望が彼を包んでいた。無力——己があまりにも卑小でつまらない存在に過ぎないことを思い知らされて、その事実に圧倒され切っていた。

ブーメラン・アップの手が、ロデオの方に伸びてくる——と、その瞬間、

「——ぬっ！」

と怪人は呻いて、あらぬ方に視線を向けた。その顔には明らかな怯えが浮かんでいた。

「も、もう感知されたのか——！」

忌々《いまいま》しそうに呟いた、その声がロデオにも聞こえた。

そしてブーメラン・アップは突然、身を翻してその場から走り去った。ためらいも何もなく、ロデオのことなど完全に無視して、その場から消えた。

……逃げた。

＊

「…………」

ロデオが呆然としていると、開けっ放しのアジトの外へ通じるドアから、人の話し声がかすかに聞こえてきた。

〝もう、姿を消したようだ——さすがに二度目だから、ぼくが感知したのを察したようだな〟

それは奇妙な声だった。少女の声質なのだが、少年のそれのようにも聞こえるのだ。男女どちらでもないような、他に似たもののない風変わりな声——そしてそれに続いて、

〝じ、じゃあどうするんだ？〟

と響いてきた声は、これは明らかに少年だった。しかも、知っている声だった。二つの気配が、すぐ近くまで来ていた。

〝君は、彼らのところに行くといい——確認したいんだろう？〟

〝で、でも僕には——もう〟

〝どうするかは君の自由だ。ぼくは奴を追っていく〟

そう言うと、気配のひとつが消えた。

そして——しばらく経ってから、もうひとつの気配が、おずおずとこっちにやってきた。

（——な、なんだ……どういうことなんだ……？）

ダウン・ロデオは混乱していた。今までの恐怖や絶望がなんだったのかわからなくなるほど、この急変し続ける事態についていけなかった。

ドアの向こうから姿を見せたのは、メロー・イエローが接触していた三人組の若者のひとり、真下幹也だった。

「……あ、あのう……」

彼は、床に倒れているロデオと、崩れ落ちた姿勢のまま動かなくなっているブーメランを、不安げな表情で見つめながら、ためらいがちに声を掛けてきた。

3．

——一夜明けて、私は携帯電話の着信メロディに起こされた。

「あー……なによ……」

時計をちらりと見たら、まだ六時半だった。受験の時は、私の勉強は朝型だったから十時半に寝て四時には起きていたのだけど、そんな習慣はやめて三日で元に戻ってしまったから、もちろん眠い。

「はいはい、今出ますって……」

寝ぼけて独り言を言いながら、私は携帯を取った。あれ、と思った。それは時枝からだったからだ。

今日も、メローに付き合わされるはずだったから、時枝ともこれから会うはずだったので、私は「あれ」と思った。

(今日は、来れなくなったのかしら――)

だとしたらメローがぶーたれそうなので、それをなだめるのは私がやるのかな、嫌だなあ、とか思いながら、私は寝起きでもごもごする口を動かしながら、

「はーい、もしもしぃ――」

と呑気な調子で電話に出た。でも時枝の方は、なんだか切羽詰《せっぱ》まったような感じで、

〝ああ、睦ちゃん――そっちに幹也くんいない?〟

と妙なことを訊いてきた。

「……は? なんで? いるわけないじゃん!」

私は面食らってしまった。どうして私が真下なんぞと一夜を共にしなきゃならないのだ、と無駄に焦ってしまったのだが、時枝の方はそんなふさげた感じでもなく、さらに必死な調子で、

〝幹也くん、連絡が取れないのよ――家に電話したら、昨日は帰っていないっていうし〟

と言った。私は少しとまどいながら、

「あんた、真下ん家に電話とかしたの? この時間に?」

と訊いてしまう。なんだか妙だった。彼女はそんなに、自分から積極的に動くタイプではないのに。でも時枝は、

〝ねえ、おかしいと思わない？　私たちと昨日別れてから、どうしてどこかに行ったり、外泊とかするの？　幹也くん、そんなこと一言も言ってなかったじゃない――また明日、って言ってたのに〟

と言いつのる。

「え、えーと……時枝？　真下本人には電話したの？」

〝つながらないの。電話も。メールも。全然反応がないの――〟

彼女の声はほとんど泣いている。不安で仕方がないのだ。

私は彼女のそういう声に弱い。子供の頃から彼女が泣くと、とにかくそれをやめさせたくて、たまらない気持ちになったものだった。

「わ、わかったわ。捜そう。うん、これからすぐに。――そうだ、メローも呼び出して、一緒に捜させようよ。あいつ、昨日の夜もここに来たりしてたし」

〝メローが？……ということは、あの人が幹也くんをどうにかしたわけじゃないのね〟

「そ、そりゃそうでしょうよ――時枝、あんた何を心配してるの？」

〝私は――〟

と彼女は何かを言いかけたが、すぐに口ごもり、そして唐突に、

〝……睦ちゃん、私は怖いわ〟

と言った。

〝昨日まで、最近の私は幹也くんのことなんか、ほとんど考えていなかったのに、今はあの人のことばかり考えている……でもそれは、なんだか変な感じがするからって、そんな気がするの〟

「……って、どんな感じなのよ」

そして彼女の次の一言に、私は背筋が寒くなる感覚を覚えた。彼女はこう言ったのだ……。

〝……もうおしまいだから、って……〟

「――い、いや時枝、そんなに思い詰めないで。だからさ、とにかくすぐに」

〝彼は、睦ちゃんのことを気にしてたわ。なんだかずっと〟

「そ、そうかな? それはあんたが真下のことを気にしていたから、そんな風に見えたんじゃないのかな」

私はこれ以上時枝を刺激したくなくて、そんなことを言った。正直、真下幹也よりも時枝の方が私にはずっと大事な友だちであることは間違いないし。

しかし時枝はさらに、すがりつくような調子で、

〝ねえ睦ちゃん――もし真下くんとまた会えたなら、彼の言うことを聞いてあげて〟

と訳のわからないことを言い出した。

「はあ？　なにそれ？　会えたら、って――会えるに決まってるじゃん」

〝私もそう思いたいけど――でも〟

「と、とにかく考えるのは後にしようよ。すぐに出られる？」

〝う、うん――〟

「なら話は後で。いつもの場所で待ってて。大丈夫よ、きっと」

私はなんとか彼女をなだめて、通話を切った。

（な、なんなんだ――？）

私はすっかり困惑してしまった。別に真下のことなんて全然気にならないが、あの時枝の動揺っぷりは明らかにおかしい。

「うーん……」

私は唸《うな》ってしまったが、しかしすぐに出なきゃ行けないわけで、あわてて身支度を始めた。

すると着替えている途中で、また電話が鳴った。てっきりまた時枝だと思って、あわてて出たら――なんとそれは問題の、真下幹也本人からだった。

〝ああ、館川さん、実は――〟

そう切り出してきたその声を聞いて、私は頭に血が上った。

「ちょっと真下！　あんた今、何してんのよ！」

思わず怒鳴ってしまう。しかし幹也の方は、妙に落ち着き払った声で、

〝──いいか、よく聞くんだ。今ひとりなら、すぐにメロー・イエローのところに行ってくれ。彼女なら、君を守れるかも知れない。それに一箇所にも留まっていない方がいい〟

と、訳のわからないことを言い出した。しかしその口調は真剣そのもので、ふざけている様子はない。

「な、なによ。どういうことなの？」

〝君には関係ない──〟

「はあ？」

〝……いや、今となっては、もう君には関係のなくなってしまった話、だな。しかし、奴はそう思ってはないらしい。君に接触すれば、なんとかなるはずだと考えている……だから危険なんだ〟

言っていることの意味が、ひとつもわからない。

でも、真下のことは中学時代から知っている。彼がこういう話し方をしているときは、すごく──怒っているときなのだ。

たしか期末テストかなにかの時だったと思うけど、私のクラスである子がカンニングを疑われたことがあった。その子はみんなの前で吊し上げられて、すごく泣いていた。そのときに真下がひとり立ち上がって、

「先生、それは違うと思います」

と抗議したのだ。そのカンニングというのは、試験中は電源を切れと言われている携帯を、その子がこそこそいじっていたから、というものだったのだが、しかしそれは、その子の家で飼っていた犬が病気で死にかけていて、その容態を知りたくてたまらずにメールをしようとしただけだったのだ。そのことはクラスのみんなが知っていた。でも言ったのは真下だけだった。

「たしかに試験中に携帯をいじっていたのは悪かったですし、それで叱られてもしょうがないと思います。でもやっていないカンニングの罪まで着せるのはおかしいと思います」

そう言ったときの、彼の声の調子が——今の彼と同じだった。静かに喋っているのだが、でも底の方でひたすらに腹を立てているのがわかるのだ——。

（……あれ？　ペットの犬が死にかけてた、って……）

なんだか、その記憶がふいに脳裏に刺さるような感じがした。なにか重要なことに触れているような、かすっているような、そんなもどかしいような、変な感覚……でもはっきりとした形には、決してならない。

「ね、ねえ真下——」

私が言いかけたところに、彼の声が被さる。それは今までのどの言葉よりも、いきなりだった。彼は、

〝館川さん、君にはきっと生きていく理由があるんだと思う〟

と言ったのだ。私はぽかんとしてしまう。

「……え?」

〝だから君は、そのまま生きていってくれ。それだけできっと、すべての犠牲が癒されることになるんだと思う——〟

「あ、あの——」

〝たぶん、真下幹也は君のことが好きだったんだと思う。その気持ちのことを、少しは憶えておいてくれないか〟

まるで他人事のように言う。しかもなんだか、過去形である。

「ち、ちょっと、あんた何を——あのね!」

私は焦ってしまって、また大声を出していた。

「時枝があんたのことを好きなのよ! そりゃもう、ものすごく真剣に!」

勝手に、そう言ってしまっていた。でも真下の方は静かな声のまま、

〝——すまないと思っている。彼女には……でも巻き込むことはできない。君も——〟

そこで、ふいに電話が切れた。電波が届かなくなったのか、電池が切れたのか——私はあわてて、自分から真下の携帯番号に掛けた。でも、もう通話はつながらなかった。何度掛けても、まったく反応しなかった。

「な、なによこれ——んもう!」

私は、とてもとても落ち着かない気分で放り出されてしまった……。

(どうしよう——今の電話のこと、時枝に言うべきかしら……でも)

私は余計なことを言ってしまった。それを彼女が知ったらどう思うだろうか。

(ああぁ、なんなのよ、これって——)

とぢらにせよ、時枝とは待ち合わせをしているのだから、今すぐに出なければならない。考えている時間はない——すっかり困惑しきっていた私に、

「なーに頭抱えてんだよ、あんたは」

という声がいきなり掛けられた。びっくりしてそっちの方に眼を向けると、窓の外に、その空中に、またしてもメロー・イエローが立っていた。

「よっ、おはよ」

彼女はふざけた口調で、ちゃっ、と手を上げつつ挨拶してきた。

?

Question

8

『記憶ってなんですか？』

（ヒント）思ったよりアテになりません。

1．

……その墓地に死んだ者を連れていくと、生き返ることがある。

三年前に生じたその噂は、結局あいまいなままに消えていったのだが、それなりに長いこと囁かれてもいた。その真の理由というのを知ったら、皆はきっと信じられないだろう。そもそもそういう噂は、現地に行ったことのない者たちが広めるものだが、同時に収まる理由も同様であり、実際にそこに行ったけど、何も起きなかった、という確認が初期の段階でされてしまった時点で、たちまち消えてしまうものなのだ。

しかし、そういうことはこの噂に関しては起きなかった。ただ単に、皆が飽きてしまって、それで消えただけだった。

それは何故か。

そのあまりにも馬鹿馬鹿しいほどに単純な理由は、とても本当とは思えず、噂では一番ありえないとして無視されるようなものだった。それはまるで子供が宿題をやってこなかったときの、言い訳にもならない言い訳と同じようなものだった。

それは……はっきりと目的を持ってその場に行った者たちが、帰るときにはその行動それ自体を——行こうと思ったことさえ〝忘れてしまったから〟だったのだ。

＊

「——駄目だな。幹也の呼吸は感知できない。たしかにあいつの呼吸は憶《おぼ》えているけど、一般人のそれは似たようなものが多すぎて、あたしの張る空気の共鳴センサーじゃ区別できない」

メローはそう言って、頭を左右に振った。

私は全然気づいていなかったのだが、彼女は昨夜、私の家の屋根の上で寝ていたのだという。だから私に掛かってきた電話の内容も全部聞いていたのだ。だけど電話では、彼女の能力では発信源などはわからない。

「そ、そんな——」

私は焦った。メローに言えばなんとかなると思ったのに……。

「で、どうするんだよ？」

メローは私の眼を覗き込むようにして、見つめてきた。

「ど、どう、って——」

「よくわかんねーけど、でも幹也は少なくとも、自分を捜してくれとは言ってなかったよな。それにあんたには、あたしと一緒に行動していろ、って」

「……そ、それはそうだけど……」

「で、時枝のことは巻き込めないとか、なんとか。そこで電話は切れたけど」

「……どうしよう？」

「考えてもしょうがないんじゃねーかな。幹也も落ち着いているみたいだったし」

「……それが怖いのよ、彼の場合は——」

私はふるふると首を振った。そんな私の方をメローは、ぽん、と叩いて、

「やれることはあんまりねーだろ？　選択の余地はないっつーか」

と言った。

「……って、何を？」

「昨日言っただろ、三年前の噂を調べに墓地に行く、って」

「え、えええ？」

こんなに訳のわからないことが起こっているのに、予定は守ろうというのだろうか？

「いや、考えてみなよ。幹也がもしも、あたしたちに関係することでヤバイ状況なら、こっちは情報をさらに掴んでおいた方がいい。それにあいつ自身が、一箇所には留まるなとも言っていたろ？　少なくともあんたは、この家にはいない方が良さげじゃない？　となると——」

「……ううん」

確かに言う通りなのだろうけど、なんだかまどろっこしい感じだ。

「それともどこか、安全なところで隠れている？　連れていってやってもいいけど」

「そ、そんなことはできないわよ！」

「じゃあ行くしかねーじゃん。ほれ、靴を持って来な」

「靴？」

「いいからいいから。早くしなよ」

促されるままに、私は部屋の隅に放り出していた、体育の授業のときに履いていた運動靴を入れたままの袋を手にした。

「これが、どうかし――」

と彼女の方を振り向いたとき、私の身体がいきなり、ふわっ、と浮き上がった。

いつのまにかメローに腰を抱きかかえられていたのだ。と言ってそれはただ、ダンスのようにかるく手を添える程度のものでしかなかったのだが――それでも私の身体は、吊り上げられているかように、宙に持ち上げられた。

「じゃあ、いくぞ」

メローはそう言うと、そのまま走り出した――何もない空中を。

私の身体もいっしょに、彼女に抱きかかえられて窓から空に飛び出す。

「わ、わわっ――！」

私が驚いて声を上げると、メローは笑いながら、

「平気だよ。あたしには自分の体重の三倍までの荷重なら支えられる能力がある」

と言った。言いつつも足を停めない。空中を走り抜けていく。

「……い、いや、わっ、つか、じゃなくて、その、だから、やば、わ、わわわ……！」

私は言葉にならない。足の下にはなんにもないのだ。それに風もそんなに感じない——髪の毛が揺れて、流れがやさしく頬をなでている、そんな程度だ。

「日常生活では誰も空なんか気にしていない。見ていない——見ても錯覚だとしか思わない。だから急ぐときはこれが手っ取り早い」

メローはしれっとした口調であるが、私はもう返事もできない。

見おろす——という感じでもない。

家々がならんでいて、車とかがその間を通っていく。道路はただの線でしかなくて、周りには空いたスペースもたくさんあって、そこをわざわざ進まなければならない理由がよくわからない。飛行機に乗った時とも、高い建物から下を見おろした時とも異なる風景だった。足下がない、ということがとても強く迫ってくる。そこでは存在感があったものも、しょぼい感じのしていたものも、上から見るとみんな真っ平らになってしまって、どれも大差ない気がしてくる。

似ていない。私が生活している世界と、メローがいつも見ているこの世界は全然似ていない。

（ああ、だから……）

私は変に納得していた。

どうしてメロー・イエローがなんだか、妙に浮き世離れしているのか。それは彼女が見ている風景が、世界が、私たちとは違うからなのだ、と。

(……でも)

でもそれを言うなら、私たちはみんな、同じ世界を見ているのだろうか。個性はみんなバラバラで、感じ取り方も違っているのが人間なら、世界というのも人の数だけあるんじゃないのか——そんなことをふと思った。

(…………)

急に、ぞっとする感覚が背筋を走った。他人の世界の中で、自分はどんな風に見えているのだろう、と思って。

どうでもいい、薄っぺらな、空の上から見るボーリングのピンのような感じでしかないのかも知れない——そう思うと、とても怖くなったのだ。それに比べたら、空の上を歩いていることの状況さえ、霞んでしまうような気がしてきた。

でもこのときの私は、まだ知らなかった——空の上から見ると、本人は小さな点に過ぎないが、影の方はひたすらに大きく見えるものなのだ、ということを。

＊

ふだんの人は空なんか見ていない——それは、その通りであろう。

だが、そのとき——その近くにはふつうとはいえない精神状態の者もいたのだった。

彼女は、ひたひたと身にこみ上げる不安に潰されないように、所在なげに、その視線を周囲にさまよわせていたのだった。

小学生の頃から、ふたりで待ち合わせというとそこだった。交差点のポスト前。近くに自販機が置かれたり、撤去されたり、後ろの店舗も何度も変わったりしているが、いつでもふたりはそこで約束していたのだ——ここで会おう、と。

そこで彼女は、空の上を歩いていく怪人と、その脇に抱きかかえられている友人の姿を見つけた。

「——あっ！」

それはちっぽけな点にしか見えなかったが、そういうものがこの世に存在するということを知っていた彼女には、二人の姿がはっきりと見えたのだ。

（ど、どうして——睦ちゃん？）

彼女は空を見上げながら走って追いかけようとしたが、あまりにもスピードに差がありすぎて、たちまちその姿は見えなくなってしまった。

しかし——彼女はそれでも走り続けていく。あの二人がどこに向かっていったのか、必死で考えながら。

（そう、そうよ——考えたら、きっとわかるはず——メローは何を調べていたのか……ブギーポップ、っていうか、つまりそれは……噂で——）

すぐに息が切れてしまい、壁にもたれかかってしまうが、ぜえぜえ喉を鳴らしながらも、また走り出す。

小守時枝、十八歳。

好きなのは写真を撮ることと、タコス風味のフライドチキンと、友だちとおしゃべりすること。まだ男の子ときちんと付き合ったことはない。

彼女はこのとき、これから自分を待つ運命のことを知らない。

2.

その墓地、ＳＣメモリアルパークは山の斜面にあった。

全体が階段状に整地されているところに墓石が並び、あちこちに山の緑がそのまま残されている。かなり広い敷地だ。

朝早いせいか、周囲に人影は皆無だ。しーん、と静まり返っている。

「でも、その噂って三年前なんでしょ——今さら何も残っていないと思うけど——」

私がおずおずとそう切り出してみると、メローはあっさりと、

「ああ、そうだね。そうだろうね」

とうなずいた。

「だったら——」

「でも、あるかも知れない。ブーメランたちがこの辺にいつまでも留まっていたのも、計算違いではあるんだから——もっと遠くに逃げたと思って、三年間大勢の者たちが見当外れの場所ばかり捜していたんだ。でもあたしは、ほとんど一発で見つけた。まだ近くにいるんじゃないかって、カンだけで」

メローはニヤリとしてみせる。

「そして今も、まだなんか残っているんじゃないかと思っている、カンで。だから調べてみる。簡単な話だね？」

「——ううん」

そう言われては文句も言えない。私は携帯電話を取り出して、時枝に掛けてみようかと悩んだ。彼女はまだ、待ち合わせ場所で待っているに違いない。家に帰るように言うべきではないか——でもそうしたら、彼女を巻き込むかも知れない。

（——う一ん）

私は悩んだあげく、結局何もしなかった。向こうから掛かってきたらどうしよう、とは思ったが、そのままにしてしまった。

メロ一はぶらぶらと、静まり返った墓地の中を歩いていく。

くんくん、と鼻を動かしている。まるで犬だ。いや、ちっこいから子犬か。

「あのさあ——」

私は訊いてみる。

「三年前に逃げたっていう、そのブーメランって、どんな人だったの？」

答えてはくれないかもと思ったが、メロ一は実に軽い口調で、

「さあ、知らない」

と言ったので、私は驚いた。

「知らない、って——でも追いかけてるんでしょ？」

「会ったこともねーし、どんな地位にいたのかも知らないよ。あたしより偉かったのか、下だったのか、それも聞いてない。まあ後から情報は仕入れたけど。それでもヤツがどんな性格なのかはわからない」

「——そんなんで、不安にならないの？」

「不安？　なんで」

彼女は私の方を振り向いた。真顔である。ほんとうにわからないらしい。

「だって――」

私はとまどいながらも言葉を重ねる。

「――つまり、自分が何をしているのか、正確には知らないってことでしょ？」

「じゃあ、あんたは知ってるってことか？」

「それは――でもあんたの場合は、命懸《が》けなんでしょ。私とかが適当に生きてるのとは訳が違うわ」

「そうかね、同じよーな気ぃするけど」

「違うわよ！」

私はムキになって、声を張り上げてしまった。メローはそんな私の苛立ちには反応せずに、

「あんたは、なんであんたなんだ？」

と奇妙なことを言い出した。

「わ、私は――」

「自分がなんで、今の親から生まれたのかわかってる？　あたしは親がいない。一から合成されたからな――まあ、一応は統和機構のために生まれてきたってことになるんだろうが、まあ、個人的にはどーでもいいやな。あんたは一応、この国の人間として生まれてきたんなら、国のために死ぬか？　そういう風に思っていた時代だってあったけど、今はどーだろね？」

メローは投げやり気味に喋りながら、辺りの様子を窺《うかが》い続け、鼻もくんくんさせ続けている。

「そんな風に言われても——みんなと同じように」

私は、相手が返事なんか期待していないのを感じつつも、自分が落ち着かないのでそんな風に言ってしまう。するとメローは、ふふん、とかるく笑って、

「同じ、ねえ——」

と言った。そしてそのまま、急に一方向に歩き出す。

「お、同じって言ってもさっき、あんたが言ったのとは意味が違って」

「つまり自分の意志じゃねーんだろ、その辺は、とにかく同じだよ」

喋りながらも、彼女は墓地の中をどんどん歩いていってしまう。私は追いかけていく。

「い、意志はあるわよ。そんなに馬鹿じゃないわ」

「その意志っていうのは、いつ出来たんだ？」

「え？……そんなのは、それこそ子供の頃から、なんとなく——」

「子供の頃のことを、どれくらい憶えてる？」

「え？」

「想い出をどこまで大切にしてるんだろね、一般人ってのは。あたしにはよくわかんねーんだよね。ほんと」

「それは——」

「あたしなんかはさあ、人生ほとんどフォルテッシモ先生だけだから簡単なんだけど。先生にみっともないトコは見せらんない、で終わっちまうんだけど。何をモノサシにして生き方を決めてんだよ、その〝みんな〟っつー連中は、さ――」

メローは、墓石の数が少なくて、ひとひとつが立派なものの方へ進んでいく。よくわからないけど、高級な区画ということなのだろうか。何かを感じているのか、適当に進んでいるだけなのかも私には区別できない。

「そ、そんなに簡単には、やっぱり行かないけど――でも……」

私は言葉に詰まった。

でも、なんだろう？　私たちは何を基準として、私たちの人生を決めているんだろうか。

子供の頃からの習慣とか、会った人たちとか、言われてきたこと、見たこと、経験したことなんかで決めるんだろうか。でもそれを、私たちはぜんぶ憶えてはいられない訳で、忘れてしまったことにも大切なものがあるんじゃないだろうか――。

〝おぼえてるかい、二人とも。美術の時間で、写生に出たことがあったよね。結局、途中で急に雨が降ってきて、あわてて戻ったんだけど――忘れちゃったのかい。僕には結構、印象的な日だったんだけど〟

なぜか突然、真下が言っていた言葉をふいに思い出す。

それは三年前の話ということになる——でも私は、あれから結構考えたけど、その日のことは全然思い出せないままだった。時枝は真下の絵までおぼえているらしいのに、私は完全に頭から消えている——消えすぎじゃないか、と思うほどに。

（三年前——）

なにか、ひどく嫌な感じがした。ブーメランという人たちが姿を消したのも三年前だという……ちょうど同じ頃だ。

「…………」

私は押し黙ってしまった。でもメローは話が途切れようとまったく気にしないようで、しっかりとした足取りで足を進めていく。

やがて彼女は、かなり立派なお墓のひとつの前に立って、しげしげと眺めだした。

「ふうむ」

などと言って唸っている。

「そ、そのお墓がどうかしたの？」

私が訊ねると、彼女はかすかにうなずいて、

「空気に、他の場所とは違う成分がかすかに流れ出している……この辺から」

と言って、そのお墓の、墓石が立てられている場所から少し外れた地面を指差した。

「成分って、どんなの？」

「……ある種の微生物、かな。そいつが生じさせている化学反応が、空気をごくごくわずかに震わせている——でも、ずいぶんとささやかだ。同じような例のヤツよりも、ずっと少ない……古いのかも知れない」

と言いながら、彼女はその地面に敷かれていた玉砂利を足先で払い始めた。

「ち、ちょっと——」

他人の家のお墓をいじるなんて不謹慎《ふきんしん》だよ、と言おうとして、しかしそんな言葉がメローに通じるはずもないと、私はあきらめた。彼女はすぐに砂利の山を築いて、地面をかなり露出させた。

その地面を、何やら撫《な》で回している。

「——やはりそうだ。かなりの年月が経っているけど、ここに掘り返されたような跡がある。それもあの、ダウン・ロデオが劣化能力で、一瞬にして深く掘った跡だ——元通りにして、砂利をかぶせて置いたから、これまで見つからなかったんだな」

メローはふふん、と鼻先を鳴らした。

「なかなか洒落《しゃれ》が効いてるじゃんか」

「洒落、って何が？」

私は訳がわからず、そう訊ねた。メローは答えずに、地面に向かって指先を二、三度ぶんぶんと振り下ろした。

どすどすっ、と土に穴がいくつも空いた。空気を針のように固めて撃ち込んだのだろう。ドリルみたいな感じで、綺麗に穴が並んでいる——と、メローが両手をぱん、と叩いた。

するとその穴から地面に罅《ひび》が広がったかと思うと、土がいきなり爆発するように弾け飛んでしまった。

大規模な土木工事では、ダイナマイトでトンネルを掘ると言うけど、それを小規模に行ったみたいな感じだった。すごい土埃《ほこり》が舞い上がったけど、私が手で眼の上を覆う必要もなく、空気の流れがその土埃をどこかへ流し去ってしまった。

——〈ブレス・アウェイ〉というメロー・イエローの能力には、様々な応用が可能のようだった。それとも、これはメロー自身の努力のたまものなのかも知れない。

「…………」

メローは穴に近寄って、その底の方を覗き込んだ。そして、

「……やはりな」

と呟いた。私も興味をそそられて、

「な、なにかあったの？」

と彼女の横から下を見てみた。しかし土ばかりで、特に何かがあるようには見えない……と思ったら、その穴の真ん中のあたりの土が、変な形に盛り上がっているのに気づいた。それは

丸太の枯れ木のようで、でもその節《ふし》が五つに分かれていて、なんとも不自然だった。あれではまるで……。

「……え？」

私はそこにあるものがなんなのか、やっと見当がついた。するとメローがうなずきながら、

「その可能性はあった――ブーメランのチームの内の誰かが暴走して、仲間を攻撃してきたから、やむなくこれを返り討ちにして、統和機構からも逃げた、という、ね――ダウン・ロデオじゃあないし、体格から言ってフィクス・アップでもない。あれはきっとセピア・ステインだな」

と言った。

そう――穴の底に埋まっていたのは、男の人と思しき一体のミイラだったのだ。

3.

「死体を隠すのに、墓場の中に埋める――洒落が効いてるよな、実際」

メローは薄笑いを浮かべながら、そのミイラを外に運び出した。手も使わずに、空気の圧力で死体が浮かび上がって、そして地面の上に下ろされる光景は、なんとも異様なものだったが、それが逆にミイラそのものの不気味さを薄れさせていた。

「ふんふん――こいつは自然乾燥じゃないな。急速に水分が、強引に抜かれたような乾き方をしている。どう見てもただの自然現象じゃない。何らかの攻撃か、その副作用だろうな」

「………………」

私は茫然としたまま、その様子を見ていた。今まではどこかで軽く考えていたけど、でもこうして目の前に死体があると、メローたちが殺し合いをしているのだ、という事実がものすごい実感となって迫ってきた。

「でも、どーなんだろうな……こいつはロデオたちに殺されたのか？　話じゃセピアが一番チームの中で強かったってことらしいのに、それでむざむざ殺られるかね？」

メローはぶつぶつ言いながら、ミイラのあちこちを触《さわ》ったり引っ掻いたりしている。

「自滅した、ってことなのかね。その可能性はあるが……しかし自滅するくらいに暴走したなら、ブーメランたちはとっくに巻き添えで死んでるはずじゃ――」

と彼女は言いながら、気味の悪いことにそのミイラに顔を近づけていき、その腕をべろりと舐めた。耳の切れ端も舐めていたし、この人はほんとにこういうのを平気でやれるなー……と私がぼんやり感心していたら、彼女は急に、

「……ああっ?!」

と大声を上げたので、私はびっくりした。

「なんだあ、こりゃあ！　……違うぞ、これ？」

「え、ええ、何が?」

「こいつは違う——セピア・スティンじゃない……合成人間じゃない!」

彼女は髪を振り乱して、ばっ、とミイラから飛び退《の》くように離れた。

「こいつは、ただの……普通の人間だ。誰だ、こいつは……?」

メローはほとんど愕然《がくぜん》、という表情になっている。怖いもの知らずのはずの彼女の顔に、はっきりと恐れが浮かんでいた。

私も、そんなメローの狼狽《ろうばい》におろおろとしてしまう。

「な、なによ、なんなのよ?」

「どういうこと——なんか話がおかしい……こいつはいったい——」

メローは死体を凝視し、私はそんなメローを見つめていた。だからそのとき、ごく近くに来るまで、その足音に気がつかなかった。

じゃり、と墓地の歩道に敷き詰められた砂利が鳴る音が、すぐ近くで聞こえた。

私とメローはそっちの方を見る——そこに立っていたのは、

「あ……」

と声を上げて、私たちの方を見つめていたのは、時枝だった。

約束の場所に置き去りにしたはずの彼女が、そこにいたのだった。

「あ、ああ……」

時枝はふらふらと、私たちの方に近寄ってくる。
「と、時枝？　あんた、どうしてここが——」
私は動揺していた。後から思えば、彼女がここに来たのは、メローが噂を調べているという
ことを知っていたから、それで三年前の噂の場所のことを思いついたのだろうと理解できたが、
このときはただ焦るばかりだった。でも彼女は、そんな私のことを見もせずに、私とメローの
背後のミイラばかりを見つめている。でもそれは、怖がっているとか怯えているとか、そうい
う視線ではなかった。そして彼女が次に言った言葉は、私には一瞬理解できなかった。
「——やくん」
彼女はその言葉を繰り返しながら、ふらふらとミイラのところにやってきて、そして……そ
れにすがって泣き出した。
「……やくん、……きやくん、……みきやくん、幹也くん……！」
「……え？」
私とメローは、あぜんとしてしまう。
「ち、ちょっと待て」
「な、何言ってんの時枝、それは……」
「これは幹也くんだわ！　私は、私にはわかる！　この顔の、顎《あご》の線と眼の並び方は——幹也
くんしかいないわ！」

彼女は絶叫した。その叫びには真実にしかない重みが、どうしようもなく響いていた。

「………」

メローは私の方に、焦点の合わない視線を向けてきた。そしてぼそぼそと呟く。

「……これが、こいつが本物の真下幹也なら……こいつが三年前に死んでいたなら……あたしたちが昨日会ってた〝あいつ〟はいったい誰なんだ……？」

＊

……時はいったん、昨夜に戻る。

「な……」

ダウン・ロデオは、攻撃を受けたために自分の頭がおかしくなったのかと思った。そこにはいるはずのない人間がいたからだ。

怪物に変容してしまったかつての仲間が逃げ去った後に、なんで全然関係のないはずの一般人が姿を見せるのだろうか？　意味がわからない……。

「なんで、おまえが来るんだ……？」

名前は確か、マシモミキヤとか言っていた……この春、高校を卒業して、大学に入るはずの、どうでもいいような、ありふれた少年が、なんでこんな世界の裏側で行われている死闘のまっただ中に顔を出すというのだろうか？

「……ああ」

幹也は、そんな彼のことを見つめて、そして呟いた。

「やっぱり、なんにも感じないな——」

「なに——？」

その言葉の意味すらわからない。しかし相手は、ろくに動けないロデオに対してなんの害を加える気がなく、敵意もないらしいことだけはわかった。

そのとき——崩れ落ちた姿勢のまま、まったく動かなかったブーメランがの眼が、ゆっくりと開いた。

「う——」

彼女は半開きの唇から吐息を漏らした。そして周囲に巡らされたその視線は、怯えた顔のロデオを通過して、そして真下幹也のところに来たところで、停まった。

「ああ——」

彼女は彼のことを確認して、そして弱々しい微笑みを浮かべた。安堵しきった顔だった。

「よかった——無事だったのね……セピア……」

そう、はっきりと言った。

「な──」

ロデオは茫然とした。彼女が何を言っているのか、理解できなかった。

すると幹也はうなずいて、

「君は、見たんだね──」

と言った。ブーメランはそれに答えたのか、それとも独り言なのか定かでない、力のない調子で、

「──あなたが攻撃されて、顔まで変わってしまって、倒れるのを見たわ……でも、きっと平気だって、そう信じてた……」

と、掠《かす》れ声で囁くように言った。

（な、なんだって……？）

ロデオは愕然としつつも、しかし──パズルのピースが塡《はま》るような感覚を覚えていた。この異様な状況を理解しつつあった。

それはたとえるなら、玉突きのようなものなのだろう。

Aにあったものが、Bに移動し、Bにあったものは Cに移る──あの奇怪なるメザニーンが宿主《やどぬし》を変えていく度に、そこにあった記憶が別のところに移っていくのだ──ブーメランに居着いていたものは、今ではフィクスに移動してしまったから、彼女にはもう、それは残っていない──いや、それだけではなく、彼女にとっては今は、まだ三年前なのだ。敵にやられて倒

された、その時点で途切れていて、これまでの、隠れて生活していた記憶が一切ない——それはフィクスの方に移ってしまったのだ。

そして、真下幹也は——いや、ブーメランは彼のことをセピアと呼んだ……

（セピア・ステイン——生きていたのか）

ならば彼はメザニーンに精神攻撃されて、自分の記憶を吹き飛ばされ、代わりに真下幹也の記憶を植えつけられて戦闘不能にされたのだろう——一瞬で〝別人〟になったことで、まったく相手にとって無害な存在にされてしまったのだ。あの強引な記憶書き換えによる顔面変形まで引き起こされて……。

（つまり……俺がセピアだと信じて、埋めて隠したのが……あれが、本物の真下幹也だったのか……）

ロデオはしかし、そう思いつつも目の前の男がセピアには、どうしても見えない。本人も、自分の前にいる者たちが仲間だということを納得できていない感じだった。

「——ブギーポップが、僕をここに連れてきた。本性を出したメザニーンの存在を感じて、それを辿《たど》ってきたんだ」

幹也のままの口調で、彼は言った。ブーメランはそんな彼の声が聞こえていないようで、

「ああ、セピア——わかったのよ。敵の正体が——」

と嗄《かす》れた声で、譫言《うわごと》のように言う。

「あの噂は、ただの餌だった……より都合のいい宿主をおびきよせるための……」

ブーメランの顔には、はっきりと死相が浮いていた。彼女は死にかけている——いや、おそらくは三年前からずっと死んでいたのだ。彼女を無理矢理に生かし続けていたのはメザニーンの、あの死にかけたものに偽《いつわ》りの活性化を与える作用でしかなかった。

「あれは、あのMPLS能力はそれ自体が自律している——能力者を殺せばすむ、というようなものではない……その意志だけが人の記憶の中に潜り込んで、気づかれない内に、好きなように操ってしまう……だから、ヤツが抜けてしまった後の人間を殺しても無駄なのよ……いるときに、確実に、仕留めて——」

口から血が、ごぼごぼとこぼれ落ちる。それでもその手を、目の前の彼に向かって伸ばしていく。

彼女は、三年前に、メザニーンによってつけられた傷のすべてが開いてしまっていた。

彼女は、自分たちがもはや統和機構から抹殺対象とされて、追われる身分に墜ちてしまっていることを知らない。その命令に未だ、忠実に従おうとしているのだ。

彼はややとまどい顔ながらも、その手を取って、握り返した。

「——わかったよ、そうするしかないようだしね」

うなずきながらそう言った。すると彼女もうなずき返して、

「できるわ、セピア……私たちならできる。私と、あなたと——フィクスと、ロデオで……四人でなら、どんな任務も……絶対に」

と言ったのが、ダウン・ロデオの耳にもはっきりと聞こえた。それはもう声ですらなく、ただの空気が漏れる音に過ぎなかったが、それでもロデオには聞こえたのだ。

「……ぜった……い――」

彼を見つめていた、その眼から光が消えていった。一瞬後、そこにはもう何も映ってはいない。

かつて、統和機構でも有数のハンター部隊として知られていたブーメラン・チームのリーダーの、それが最期だった。

「…………」

彼は、そんな彼女のことをぼんやりと見つめていたが、やがてロデオの方に視線を移した。

「……立てますか？」

言われてロデオは動揺から、はっ、と我に返った。ふらつきながらも、なんとか身を起こす。

「お、おまえ――ほんとうにセピアなのか？」

問われて、しかし彼は首を振った。

「わからないんですよ、僕にも。僕は真下幹也としての記憶しかない。あなたも、この人のことも、全然頭にない。なんの感情も湧かないんです」

「……ブギーポップ、と今言ったな。おまえは〝そいつ〟と出会ったのか。いや――さっきすぐ側まで来ていたもう一人が、ブギーポップだったんだな――」

ごくり、と喉が唾《つば》を飲み込んで音を立てた。彼にも、メザニーンが逃げ出したのは、その死神と噂される存在を恐れたからだとわかったのだ。

「ブギーポップというのは……なんなんだ？」

これに真下幹也の顔をした彼は、ため息をついて、

「それを僕らが考えても、意味はないと思います」

と言った。そしてうなずきかけてきて、

「僕としては、他にやることがある——そのために、あなたに訊きたいことがあります」

と、ロデオのことをまっすぐに見つめてきた。その眼差しの中に、セピア・ステインはもうどこにもいない、そこには幹也しかいない。

「な、なんだ……？」

とまどうロデオに、彼は奇妙な質問をしてきた。こんな状況でなければあり得ない、それはとても変わった質問だった。

「僕には、どんな超能力があるんですか？」

真顔でそう言った。

「……え？」

「ですから、セピア・ステインという奴は、どういう能力を持っていたのか、それが知りたいんです」

ロデオは、混乱しそうになる頭を、なんとか落ち着かせようとした。彼はなんども首を振ってから、

「……そ、そうか。おまえはもう、それも覚えていないんだったな。しかし——どうしてだ。おまえは今では、平穏な人生を送るべき人間になれたんじゃないのか。能力など不要のはずだ」

と言った。すると彼もうなずいて、

「ええ。何もしなくていいのならね。でもそうはいかないんです」

「何をするんだ？」

「メザニーンを倒すんです」

「どうして……おまえが？」

「あれが、彼女を狙っているとブギーポップに教えてもらったからです」

「彼女——？」

「館川睦美という少女を、メザニーンは狙っているんです。僕はそれを阻止しなければならない」

幹也はきっぱりと、そう言った。

「な、なんでそんなことがわかるんだ？」

この当然の問いに、幹也はやや苦渋《くじゅう》に顔を歪ませて、

「ブギーポップによると……メザニーンが以前に宿主として取り憑《つ》いていたのが、彼女――館川睦美だったからだそうです。ヤツは以前の力を取り戻すために、ふたたび彼女が必要だと考えているらしい」

と言った。

4・

……そして、皆がセピア・ステインだと信じていたミイラの前で、メロー・イエローと、館川睦美は茫然としている。

そして小守時枝は、死体にすがりついて泣き続けている。

(……なんなんだ、これは……)

メローは混乱の極みにあった。彼女は睦美の方を見て、それから時枝に視線を戻した。

「……ねえ、時枝――」

彼女の肩に手を掛けて、かるく揺すぶった。

「どういうことなのか、説明してくれないか――」

しかし時枝は、揺すられるままにぐらぐらと身体が動くだけで、反応しない。

「ねえ、どうして――」

メローは訊きたかった。どうしてそれが真下幹也だと、そんなにも断定できるのかと。しかし彼女の答えはもう、メローにはわかっていた。

彼が好きだから。

それだけの説明しかないのは明らかだった。それだけしかなく、なんの根拠もなく——しかしおそらくは、充分すぎるほどの理由。だが彼女はその事実から導き出される混迷を理解しているとはとても思えない。

「なあ、よく聞くんだ——その死体はずいぶんと以前のものなんだよ。でもあたしたちは、昨日も幹也に会っていたわけで——」

と、メローが説明しようとしたとき、彼女はふいに〝それ〟に気づいた。

合成人間の戦闘呼吸音。

無意識でも張り巡らせていた感知結界に、その反応が引っかかったのだ。

「————！」

彼女はその呼吸がした方に視線を向けた。だが遅く、その方角にはもうなんの気配もない。

（緊張から、思わず息を漏らした？　——いや、違う……！）

攻撃してきたから、呼吸音がしたのだ——どんな攻撃を、どこに……とメローが周辺を警戒しようとしたとき、その足下で変化は生じた。

ぶすぶす……と焦げる音と臭いが漂ったかと思うと、次の瞬間には小守時枝がしがみついて

いるミイラが、ぼうっ、と発光して、そして、
いきなり――爆発した。

爆心にもっとも近かった時枝は、衝撃をまともに喰らって吹っ飛ばされ、転がっていった。

(な――)

メローはとっさに腕で自分の眼をかばうことしかできない。空気のガードも間に合わなかった。爆発は高熱を伴っていた。爆風にさらされた素肌に焼けるような痛みが走った。

(なんだ、これは――?!)

メローは知らなかったが、これこそフィクス・アップの能力〈ヘビー・ヒート〉による遠隔熱反応攻撃であった。

生体波動を収束、放出して目標に極微《ごく》細の振動を生じさせ、それを熱に変える――言ってみれば、離れたところにあるものに、さながら電子レンジに入れたときのような現象を生じさせることができるのだ。

死体は、その芯《しん》の部分だけを高熱にさせられ、その急激な熱膨張によって炸裂《さくれつ》したのだ。

「……ぐっ!」

メローは周囲を見回した。そして怪しいところに向かって、次々と空気弾を放つ。

茂みや柵が、一撃でばらばらに弾けていく――その内のひとつの後ろに、あっさりとそいつは立っていた。

「な――？」

メローは我が眼を疑った。そこに立っていたのは、彼女が知っていて、そして知らない相手――怪人ブーメラン・アップだったからだ。

ふふっ――と、ブーメラン・アップはぞっとするような微笑みを浮かべて、こっちを見ていた。

「見つけた――私の、あるべき姿……」

そう囁いて見つめる先にいるのは、メローではなかった。

今の爆発で、ぺたん、と地面に腰を抜かしてしまっていた館川睦美の方だった。

「あのときは……ブギーポップに追われて、しかたなく離れたけど……やはり〝あれ〟が一番いい……」

怪人は、ほとんど舌なめずりするような表情になっていた。

「――っ！」

メローは、相手が自分を無視していることを察して、カッと頭に血が上った。

「この……！」

怪人めがけて攻撃を連発した。だが彼女が攻撃動作に入った瞬間には、もうブーメラン・アップはその場から跳び退《の》いている。恐るべき反射神経と行動速度だった。

「――待て！」

メローは相手を追いかけていった。

両者は常人の及ばぬ、合成人間同士の交戦状態に一瞬で移行した。そこは生と死がめまぐるしく交錯する、容赦なき非情の領域だった。

＊

「…………」

私は、目の前で起きていることが、まったく把握できなかった――理解できなかった。何がどうなって、どういうことなのか、全然整理できない……。

私は――私はなんだったっけ？　どうしてここにいるんだっけ――。

身体中が痺《しび》れるような感じがする。頭の奥がぼうっとする……なんでそうなっているんだっけ？

メローが、どこかに行ってしまったので、私はひとりで取り残されている――いや、いや違う。

「ちがう、違うわ……私はひとりじゃなくて、ひとりじゃなくて……」

私はふらふらと立ち上がって、捜した。そうだ、そうだった——ミイラに驚いた後で、彼女がやって来たはずじゃなかったか。そして彼女は——彼女は……。

（幹也だって言って、しがみついて、そして……）

あたりに視線を巡らせていた私の眼に、それが映った。

地面の上に、まるで襤褸《ぼろ》切れのように放り出されている彼女の姿が。どうして動かないのか、私にはわからなかった。

「……時枝？」

私はその名を呼んだ。私のかけがえのない親友の、楽しいときも悲しいときも、嬉しいときも辛いときも、子供の頃からずっと一緒だった彼女の名前を。

そして、その横に座り込んで、彼女の腕を取る。

がくがくがくと自分の手が、信じられないほどに震えている。

「ねえ……時枝？」

私はその名を呼びながら、彼女の胸に指を伸ばしていって、そこに触れた。

心臓が停まっていた。

?

Question

9

『世界ってなんですか?』

(ヒント)実はかなりいい加減ですが、許してくれません。

1.

「ブギーポップが僕に教えてくれたんですが……三年前というのは、メザニーンのような特殊な存在や、そういう能力を持つ人間たちを集めている者がいたのだそうです」

幹也は、彼の横にいるダウン・ロデオにそう説明した。

「その存在は、それらのどんな能力よりも強大で、すべてを支配下に置くのが目的だったというのです」

「……それはつまり、統和機構よりもとてつもないヤツだった、ということなのか？」

「かも知れません。統和機構というのが特殊能力者を狩り立てているつもりなら、少なくともその——ブギーポップは〝彼女〟と言っていましたが——その存在は、そんな機構のことなどまったく問題にしていなかったようです」

「…………」

ロデオは厳しい表情になった。少し前の彼だったらそんな馬鹿なと思うところだが、今では完全に納得できた。そして統和機構が何故あんなにも必死でＭＰＬＳと戦っているのか、その理由も。それだけの強さが敵にあるからだ。現に彼らは、まったく歯が立たなかったではないか。

「それで――メザニーンもその中のひとつだというのか？　その〝彼女〟とやらに発見された特殊存在の一種だと？」

幹也はうなずく。

「そもそもメザニーンというのは、それこそ何百年――いや何千年かも知れませんが――昔からずっと存在していたというのです。しかし明確な形になっていなかったので、見過ごされてきたのだ、と」

「社会の裏側でひそかに、人の記憶から記憶へと移り続けてきた精神エネルギーか――妖怪だな、まるで……」

能力だけが自律している――とブーメランは言っていた。かつてはそれこそ他人の記憶を読み取ったり、相手に自分の記憶を移したりできるＭＰＬＳだったのかも知れない。その本人はとっくに死んでいるのに、能力だけが生き続けているのだ。

「しかしそれが〝彼女〟に発見された時点で、形ができたんです。メザニーンという名前を付けられて、そいつは〝自覚〟した――自分という存在の特殊性に目覚めたのだといいます――他人の記憶を己のパワーに変換できる能力を。そしてメザニーンは大勢の人間をはじめとする生き物から、どんどんその記憶を吸い取って、より強くなろうとしたのですが……そこで奴の前に立ちはだかる者がいたのです。それが」

「ブギーポップ、か……」

「世界の敵になろうとしていたメザニーンは、ブギーポップに追いつめられて、そして姿を隠した――傷ついたブーメランの深層心理に逃げ込んで出てこなくなったのです。しかしそれにも限界が来た。なぜならこれ以上ブーメランの生命が保《も》たなくなったからだ。次の精神に移動しないと、一緒に消えてしまう。しかしそれをすれば、おそらくブギーポップに見つかってしまうだろうということもわかっていた」

「………」

「それでもヤツは強行した。ブギーポップに追われながらも、なりふりかまわず、よりふさわしい身体に乗り移るために行動を開始した……そしてその相手こそ、最初にヤツが〝自覚〟した、そのときの宿主である館川睦美なのです――しかし、僕はなんとしてもそれを阻止しなければならない」

二人は、合成人間でなければあり得ない速度で、早朝の街の上を、建物の屋上から屋上へと跳躍して移動している。

「――俺は」

ロデオはぎりっ、と奥歯を噛みしめた。

「……ブーメランとフィクスの、そして……セピアの仇《かたき》を討つ……！」

横にいる男は、もはや幹也でありセピアは消えたのだ、ということはもう彼にも、充分すぎるほどわかっていた。チームで残っているのは彼だけなのだ。

幹也とロデオ、このふたりは今、共通の目的を持って逃げたメザニーンを追っているのだった。

「ところで幹也――だいぶコツはつかめたようだが、それでも気をつけろよ。おまえの能力である〈ストーンズ・キャスト〉というのは諸刃《もろは》の剣なんだからな」

「ええ、わかっています――変な言い方ですが、セピアという人は大したものだったんですね……こんな危ないものを使いこなせていたなんて」

「そうだ――なにしろ俺たちのエースだったんだ、ヤツは――」

二人は神経を尖《とが》らせながら、敵を求めて進んでいく――。

＊

「…………っ！」

メロー・イエローは焦っていた。

ブーメラン・アップの姿を捕捉しきれないのだ。

「……このこのこのこのこのこの、このっ！」

とにかく敵がいそうなところに攻撃しまくるのだが、一発も有効弾がない。無駄に墓石が砕けて、破片が飛び散るばかりだ。

すると、どこからともなく声が聞こえてきた。

〝邪魔をするな、雑魚《ざこ》の分際で……〟

そう言われて、またメローは頭に血が上る。

「ザコ？　ザコだと？　……このあたしをザコ呼ばわりか、貴様！」

彼女がそう怒鳴ったとき、そのすぐ横に建てられている墓石が、ぼうっ、と赤く光り、そして爆発した。メローは必死で、空中に空気の壁を造って防御したが、破片のいくつかは貫通して、彼女の身体を傷つけた。

「……ぐっ！」

思わず呻いてしまう。するとせせら笑いが聞こえてきた。

〝その空気を固める能力——大して硬化できる訳ではないな。せいぜい小型拳銃の弾丸を一発ずつ弾ける程度——機関銃などはとても無理。車にぶつけられても破られるだろう。交通事故でさえ生命取りになる〟

ずばり見抜かれた。

「うるせえ……！」

〝おまえが空の上を歩けるのは、おまえが軽いからだ。スーパービルドと粋《いき》がっても、しょせんおまえは攻撃力も防御力も中途半端な合成人間にすぎない。専門的な任務も与えられずに、汚れ仕事がせいぜいの、統和機構のミソッカスだな〟

「黙れ！」

メローは声の位置を探った。簡単にわかる。別に隠そうともしていないからだ。だがその位置へ攻撃しようとすると、もう移動してしまっているのだ。

そしてこっちが攻撃態勢に入ろうとしたとたんに、その足下の地面の砂利が、ばばばばん、とたくさんの爆竹のように、いっぺんに炸裂した。

「――っ！」

メローは反射的に上に跳んだが、それでも左足の裏から甲へと破片がいくつか貫通した。利き足の方だった。

それでもメローは空中に〝取っ手〟を造って摑まり、身体を引き上げた。

（あたしが――探知しようとすると、その隙に攻撃してくるぞ……！）

ただ挑発して、冷静さを失わせるために声を掛けてきているのではない……二重三重に、攻撃が準備されている。

地面にいるのは不利だと、彼女は空中に階段状の塊を造って、その上を四つん這いで駆け上がった。

かなりの上空までそうして逃れて、下を見おろした。

相手の姿は、どこにも見えない……呼吸音さえ探知できない。

いや――そういう警戒そのものが隙になってしまう。今は通常視覚で――つまり眼で探した方がまだ反応がコンマ数秒早い——能力は防御のみに集中すべきだった。彼女はすぐに、辺りのいたるところに空気の見えない防御壁を張り巡らせた。

受け一方の戦術は〝死にたがりのメロー〟らしからぬやり方だ。しかし他に何も思いつけない。

「うう……」

喉がぜいぜいと鳴っているのがわかる。呼吸が、かつてないほどに荒れていた。

怖い。

自分が怖がっていることを、メローははっきりと自覚していた。次元が違いすぎるのがわかった。相手は彼女を、遙かに凌《しの》いでいるのだ。

（先生……フォルテッシモ先生……）

心の中で呟くその言葉は、助けてください、ということなのか、無力な自分を許してください、ということなのか、それは自分でもよくわからなかった。

だがひとつだけ明確なことがある。フォルテッシモならば、どんな相手にも決して怯まないだろう——自分は彼ではない、ということをあらためて痛感した。

（じゃあ、あたしはなんなんだ……？）

傷ついた足から、血がだらだらと垂れて、下の地面へとぽたぽた落ちていく。

（あたしだったら、どうするっていうんだ……？）

自分がここで殺《や》られれば、フォルテッシモに強敵を提供することになるんだろうか？　なんらかの情報を残すこと、それがせめてもの、彼女のやるべきことなんだろうか？　今まではずっとそれでもいいと思ってきたが、しかし——実際にそのときを前にして、今でもそう思えるのか。

「ううう……」

自分の呻き声が、なんだか遠くに聞こえる。

〝どうした雑魚——そんなところでじっとしているだけか？〟

また声が聞こえた。怒りがふたたびこみあげてきそうになり、相手の位置を探ろうとしかけたが、必死でこらえる。冷静さを失ったら完全におしまいだ。

一瞬だけ待つのが、永遠のように長い。しかし相手は、彼女が攻撃態勢に入らなかったら、やはり攻撃してこなかった。

このまま待つべきかも知れない。しびれを切らした相手が姿を見せる可能性に賭《か》けるという考え方もあるし、それに、もしかしたら——。

「…………！」

それを思いついた瞬間、メローの顔面が真っ青になった。自分が一瞬でもそんなことを考えたことが、自分で信じられなかった。

（なにを……あたしは……）

もしかしたら、敵は自分を放っていってしまうかも知れない、と彼女は考えてしまったのだった。彼女は相手にとって文字通りの雑魚であるなら、攻撃してこなければ目的の方を優先して、彼女を無理に倒さなくてもいいと思うのではないか——と。

（なんてことを考えるんだ、あたしは……！）

許せない。

他の誰でもなく、自分自身が許せない。

それはフォルテッシモに助けを求めるよりも、さらに最悪な発想だった。なぜならそれは、彼女が館川睦美をこいつに差し出すということに他ならないではないか——。

「……ふざけるな」

気がついたら、そう口走っていた。

「ふざけるな！　メロー・イエロー！　この——ど阿呆《あほ》がっ！」

彼女はそう怒鳴ると同時に、自分の体重を支えていた空気の塊を消していた。

そのまま下に落ちる——傷穴が空いている足で、どん、と着地する。

血がほとばしり、激痛が走った。

だがメローはそんなことがまったく気にならないくらいに、腹を立てていた。

大地に降り立つと同時に、探知作業を開始する——すぐに敵の位置がわかった。やはり思った通りに、彼女から離れて館川睦美の方に移動を開始していた。

反撃されることなどおかまいなしで、その方角へと攻撃を放った。

当然、よけられてしまう。しかも直後には、メローの足下がふたたび爆発した。

だがもうメローは逃げなかった。砂利の破片が身体中に突き刺さって傷まみれになったが、それでもかまわずに、さらに直立不動のまま相手に攻撃した。

当たらない。さらに相手の攻撃が来る。空気のガードはやはり通用せずに、どんどん貫通されてしまう。

傷がみるみる増えていく――。

2.

ブーメラン・アップの中に潜んでいるメザニーンは、相手の判断力が完全に失せてしまったと判断した。そうとしか思えない。

この身体に属している能力〈ヘビー・ヒート〉とその戦闘経験の記憶は、完全にメロー・イエローを圧倒していた。負ける要素はゼロだ。

相手が攻撃をしようとするときには、もうこちらが常に先手を取っている。しかもそれを繰り返すことで、メローの身体にはどんどんダメージが溜まっていくのだ。

がくん、とメローの足が崩れ落ちそうになる。だが彼女は必死で踏ん張って、立て直した。

しかし歴然と、限界だった。もう彼女は細かい動きができない。いよいよとどめの時が来た。

メザニーンがブーメラン・アップの身体に攻撃の指令を下そうとしたそのとき、メローが何やら大声で怒鳴りだした。さっきも妙なことを言っていたが、今度もさらに意味不明の言葉だった。

〝……………〟

「……あたしはぁ、おまえを知らない!」

その声には血の泡が弾ける音が混じっていた。それでも彼女は怒鳴る。

「なんにも知らない! なんで戦っているのかも、よくわかんねー! こっちがいいもんなのか、わるもんなのかも知らねーし、正しいのか、間違ってんのかを考えるのも、正直めんどくせーし!」

声はあちこちで掠れたりひっくり返ったりしているが、彼女はそれでも強引に叫び続けている。

「睦美にも言われた——そんなんでいいのかって! よくねーよ、全然よくねー! いいわけねーだろ! なにがなんだかわかんねーことしかない、こんな生活は大っ嫌いに決まってんだろ! でも、だったら誰が教えてくれんだよ、その正しい答えってのをよ! おまえか? おまえがあたしの人生の〝答え〟なのかよ! あたしはおまえに殺されるために生きてきたっていうのかよ!」

　ふらふら、と身体が不安定に揺れている。自分の声の勢いで自分が押されてしまうほど、彼女はもう消耗《しょうもう》しきっているのだ。

「それなら、それでもかまわねーよ！　納得できりゃあ、それでいいんだよ——でもどーせそんなもん、どこにもねーんだろ？　そうさ、おまえだって誰かに追っかけられてケツに火が点《つ》いてんだろ？　結局そーなんだよ……みんながみんな、自分がどこから来て、どこへ行くのかも知らねーんだろ……！　くそったれ！」

　そんな彼女の様子を、メザニーンは冷静に観察している。彼女の動作が、彼女の首を絞めようとしていた。彼女が揺れる度に、その周囲に張り巡らせている空気の塊に触れて、そこに血がべったりと付いてしまうのだ……その位置がバレバレになっている。見えない防御は、見えないから効果があるので、見えてしまったらタネ丸出しの手品以下の代物でしかない。

「……ひとつだけだ。ここにはひとつだけ、理由がある——そいつしか、ここには〝答え〟って言えるもんはねー……だからあたしは、それで手を打つ——」

　メローの声から力みが失われてきた。ぶつぶつと頼りない響きになっていく。虚勢を張るのも終わりに近づいたようだ。

「ああ——まあなあ、どーでもいいんだろうなあ……会ったのも昨日で、向こうはこっちを変なヤツとしか思ってねーんだろーしな……でも、駄目だぜ？　やらせないよ……おまえには、やらせない……」

声はあやふやで、何を言っているかさえ定かではない。それでもメローが最後にそう言ったのが、メザニーンにも認識できた。

「睦美はやらせないよ——それだけは果たしてやる。そう、それが今の、あたしの人生の、意味で、答えで——」

そして彼女がぐらついて、見えない壁にその手をついたのを確認した瞬間、メザニーンはブーメラン・アップに攻撃させていた。その熱を起こさせる場所はもう地面の砂利でも周囲の墓石でもなく——メローが手をついている、その空気の塊そのものに〈ヘビー・ヒート〉能力を放った。

空気は、他のどんな物質よりも、一瞬で高熱が伝わっていく——爆発する。しかもそれは純粋な衝撃波のみならず、メロー自身が固めている分、威力も倍増されるのだった。


——ずずん。


それまでとは比較にならない、凄まじい爆炎の火柱が上がった。メローの小さな身体が、その奔流に呑《の》み込まれる。

「ふふん——」

ブーメラン・アップは立ち上がった。

空気は、熱が伝わるのも早いが、拡散してしまうのも早い。攻撃した場所へと、すぐに足を進めていった。

ぶすぶす……と辺り中にものが焦げる不快な臭いが充満している。その真ん中で、メローが倒れていた。

「ぐ、ぐぐぐ……」

半開きになった唇から、呻き声が漏れている——まだ生きていた。そうするように手加減したからだ。

「さて——おまえには教えてもらうことがある」

ブーメラン・アップはメローに詰め寄っていく。

「統和機構がこの件に送り込んできたのは、おまえ一人なのか？　それとも他にも、あちこちの場所に追跡チームを派遣していて、たまたまおまえが引っかかっただけなのか？」

今はできるだけ記憶を操作するメザニーン能力を使いたくなくて、わざわざ直《じか》に質問した。

「…………」

メローは焦点の合わない眼を、何もない空に向けている。ぼんやりとしてしまって、力のない顔つきになっていた。

「……あ？」

抜けた声が、その唇から漏れる。

「……なんだって——？」

「素直に白状すれば、苦しまずに殺してやるぞ。おまえだってブーメランのように、再起不能のまま無駄に死ねないまま何年も生きていたくはあるまい」

この恐るべき宣告を受けても、しかしメローはなお、ぽかんとしていた。

「……なんだ、こりゃ……なんで——こんな」

彼女はただ、茫然としていた。そこには恐怖がなかった。ただ——びっくりしているような、呆れているような、そんな顔をしていた。そして、

「なんだこれ——この音——口笛、か……？」

と訳のわからないことを呟いた。

「あ……？」

その言葉を聞いて、ブーメラン・アップの顔にびくっ、と緊張が走った。

（口笛……今こいつ、確かにそう言ったぞ……口笛、って——まさか）

メロー・イエローは空気を感知して、どんな音でも遠くから聞くことができる——では今、こいつが聴いている音というのは、まさか——。

その表情の変化を見て、メローがぼそりと呟いた。

「——こんなのだったのか？　おまえが逃げてた相手っていうのは——あんな……訳のわかんねー……」

そういえば、こいつはさっき言っていた……〝おまえだって誰かに追っかけられて〟と。それは意味のないことを怒鳴っていたんじゃなくて、メザニーンの置かれている立場を推理していて、わざと爆炎を起こさせるような攻撃を誘って――と、そう思い至ったとき、ブーメラン・アップの聴覚にも、それが聞こえてきた。

口笛にはおよそ似つかわしくない曲〝ニュルンベルクのマイスタージンガー〟第一幕への前奏曲が――風に乗って、聞こえてくる……。

その曲を聞くのは二度目だった。はっとなって、音のする方を振り返った。

そいつは、メロー・イエローが先ほど造っていた、空中に続く透明の階段の上にいた。そこにはメローの足から出血した赤い点がいくつも散らばっている。

マグリットの絵のような、すこんと抜けた青空の中に、動かぬ鮮血の花びらと黒い影が浮いていた。

空の上から、こっちを見おろしている――黒い帽子に、黒いマントを身にまとった、筒のようなシルエットが。

「――いくら能力を控えて、感知されるのを警戒したところで、あれだけ派手に狼煙《のろし》を上げられたら、誰にだってわかるさ」

そいつは白い顔にひかれた黒いルージュの唇を動かして、静かにそう言った。

げえっ、という悲鳴が勝手に喉から出ていた。

「——ぶ、ブギーポップ……！」

そいつはメザニーンのような、世界の敵となったものを自動的にどこまでも追跡して、殺すためだけに存在している死神なのだった。

メザニーンは、ブーメラン・アップの肉体の限界を超える速度で、その場から跳んで逃げ出した。またしてもなりふりかまわぬ逃走だった。

「——」

ブギーポップは一瞬だけ、ちら、と地面に崩れ落ちているメロー・イエローの方を見たが、すぐに自分も跳躍して、敵の後を追いかけて行ってしまった。

「………」

メローはまだ、ぼんやりとした顔のままだった。やがて彼女は、少しふてくされたような口調で、

「……つーか、なんで宮下藤花なんだよ？　……意味わかんねー……」

と呟いて、そして気絶した。

3.

——三年前、まだメザニーンが館川睦美に取り憑いていたときに、そいつは現れたのだった。

そのときのメザニーンは可能性に満ちあふれていた。

館川睦美へと移ってきた前の自分が何に寄生していたのかは、当時は自覚していなかったのでもうわからない。ただ館川睦美が最愛のペットを失ったときの悲しみが、なんとかしてその子を生き返らせたいという願いが自分を招き寄せたのだということだけはわかっている。そして〝彼女〟に出会ったのだ。彼女には眠れる能力を引き出す力があった。

しかし彼女はメザニーンを〝使いものにならない〟と断じて放置したので、ここに自由が生まれた。

人々から悲しみの記憶を奪い取ると、力が涌《わ》き上がることをすぐに発見した。

〝世界中の人間から記憶を奪い取れば、最強の存在になれるのではないだろうか〟

そう考えた。そうすれば、あるいは自分を見放した〝彼女〟にすら勝てるのではないかとも思った。

だが——その作業の途中で、そいつは現れたのだった。

黒帽子の死神が、口笛を吹きながら——。

＊

「——おのれおのれおのれおのれおのれ……おのれ！」

またしてもブギーポップだった。じっと待ち続け、機会をうかがっていたはずだったのに、三年経っても自分の前にはあの死神がやって来てしまった。

(どうする——この身体はもう、ヤツに見られてしまった。もう駄目だ。別のに移らないと……)

前の時もそうだった。せっかく館川睦美に取り憑いて安定していたのに、ヤツに追われて別のに移らざるを得なかった。それは睦美のことを心配して彼女の後をつけていた真下幹也だったが、こいつでは充分なパワーを引き出すことが出来なかった。それで——

(——それで、間の悪いことにそのときにあの統和機構のハンターどもに発見されたんだ——一人は真下幹也の記憶を丸投げしてやることで無力化したが、ブーメランとは……あいつとは……)

メザニーンの思考に軽い混乱が浮かんだ。状況が錯綜《さくそう》していたせいか、今ひとつ推移を思い出せなかった。

(……相討ちになったんだったか? いずれにせよ、真下幹也の身体は駄目になってしまったから、やむなく傷ついたブーメランに移って、それでこんなことに……おのれ!)

ブーメラン・アップの身体をぎりぎりと削るようにして、凄まじいスピードを出して逃げ続ける。

ブギーポップはひたひたと追ってきているのだろうが、とにかくこの身体が壊れてもメザニーンはいったんはヤツから逃げ切るつもりであった。

だが墓地の緑地からそのまま続く山の、その中腹にさしかかったところで、疾走していたブーメラン・アップの足が露出している岩を蹴って跳ぼうとしたとたん、ずぼっ、と硬いはずの岩盤にめり込んだ。

「な……これは!」

一瞬だけ自由が奪われたが、すぐにその岩ごと力任せに砕いてしまう。

「おのれ、またしても貴様らか……!」

メザニーンは怒りを露わにした。

これはダウン・ロデオの〈タイアード〉能力であった。物体を劣化させて、脆《もろ》くすることができる……一歩踏み出す度に、その足下がぐずぐずと崩れていく。

あの狼煙を見て、こいつもこの場に駆けつけてきたに違いない――忌々しいことこの上なかった。

「統和機構からも捨てられた負け犬の分際で、私に楯《たて》突くつもりか!」

メザニーンは高熱攻撃を、四方に向けて放射した。崩れようとしていた地面が、逆に爆裂して自ら吹っ飛んだ。

その爆発で、ひとつの線が描かれた。メザニーンの周囲を丸く囲んでいるはずの劣化部分の爆発……その円から直線が伸びていく――ロデオが能力を送り込んできたラインだった。

その先にロデオがいるのは、わかりきったことだった——メザニーンは跳躍して、一瞬で攻撃の射程に敵を捉えた。

（屑《くず》めが——終わりだ！）

メザニーンは、ロデオの姿を確認した瞬間に、そこに全開で攻撃を加えた。

爆裂が生じて、その辺りにあったものはすべて吹き飛ばされる……だがその瞬間、メザニーンは見た。

ロデオが、こっちを見てニヤリと笑っているのを、確かに見た。やられながら——なにかを確信していた。

まるで〝これで任務完了だ〟とでも言っているかのような、自信に満ちあふれた眼をして、爆発の中に消えていった——。

「…………！」

しまったと思ったときには、遅かった。それは自分自身もさっきメロー・イエローに対して行った戦法そのものだった。

相手を怒らせて攻撃させ、隙をつくったところで、一撃を加える——そう、ロデオは一人ではない。彼はチームの一員なのだから。

気づいたときには、それが炸裂していた。

セピア・ステインの〈ストーンズ・キャスト〉が。

ブーメラン・チームの戦術は、なんといっても連携《れんけい》にあった。四人一組、それが基本であった。まずブーメランが情報を収集し、分析する。それでフィクス・アップとダウン・ロデオがそれぞれの能力で、敵をおびき出しつつ足止めをする。爆発で追い立てて、地盤劣化で逃げ足を鈍らせる。

そして最後に、セピアがその能力で敵を捉えるのだ。

戦闘用合成人間は、その半分以上が肉体から発する生体波動を調整して、その高周波、あるいは低周波で物体に干渉するタイプである。ブーメラン・チームの戦士三人も同様だ。そういう意味では強力であっても、ありふれたものではある。

それでもセピアは特別だった。彼には破壊と制圧を同時に行える能力があった。〈ストーンズ・キャスト〉——それは簡単に言うなら、ほとんどの物体を、ガラスかクリスタルのような結晶に変えてしまう能力——波動を喰らった相手は、分子配列を強引に整理させられ、あらゆる化学反応が生じなくなり、機械なら停まり、生物なら死に、そしてMPLSなら——標本一丁あがり、という状態にできるのだ。

そもそも統和機構が彼をブーメランの側に置いたのは、いざというときに危険要素のある彼女を始末するためであった。そのぐらいに〝異常な敵〟と対決するのに向いている能力だったのだ。

そして――今、それがまさに炸裂した。

ブーメラン・アップの身体は、背後から波動をモロに喰らって、一瞬で全身が結晶化した。

「――――」

半開きだった口から、空気が漏れだしたが、それも途中で停まった。

跳躍しつつ攻撃したその態勢のまま、固まって地面に落下した。下半身が地面に当たった衝撃で、まさしくガラス細工のように砕け散った。

「………………」

波動を放った幹也は、その様子を確認するために姿を現した。ぶるぶる、と身体が震えていた。

「ああ……」

吐息も痙攣《けいれん》するように震えていた。その視線の先には、上半身だけになったブーメラン・アップの肉体があった。

「ああ……」

ほとんど倒れそうになりながらも、彼はその結晶化した身体に近づこうとした――その瞬間、

――がくん、

と彼の身体は、見えない腕で掴まれたように動かなくなった。

結晶化した目の前の人間の上半身で、一箇所だけ、元のままのところがあった。それは両眼だった。

その眼が、彼の眼をまっすぐに見つめていたのだった。異様な眼光が、彼の身体を射竦める――。

4.

〃――馬鹿め! 私が死にかけたものを生かしておくことができるのを忘れたか!〃
声が、幹也の心の中に響いてきた。彼の精神に、何かが侵入してきていた。
メザニーンが、今度はその乗っ取る相手を幹也に定めて、襲ってきたのである。
「――うう……」
喉から声が出ない。身体の自由が利かない。精神と肉体を接続しているところに、強引に割り込まれてしまったのだ。
〃思えば三年前にも、おまえに取り憑いていれば良かったんだ――ブーメランなんて死に損ないに移ったせいでいらぬ苦労をさせられた〃
メザニーンの勝ち誇った声が伝わってきた。これに幹也の心は、

（────）

と湖水のように穏やかなままだった。そこには動揺はなかった。

（僕は──どこにもいなかった人間だった。真下幹也は既に死んでいて、セピア・ステインは消えてしまっていて、僕はそのどちらでもなかった……自分がどこかで、生きているのかいないのかわからず、漠然している気分で生活していた……）

この幹也の落ち着いた心に、その上を浸食しつつあるメザニーンはやや、とまどった。

〝……なんだ貴様、怖くないのか？〟

その声にも幹也の精神は反応せず、

（……僕を決めていたのは、僕じゃなかった……今だって、僕を支えてくれたこの彼女への想いだって、過去の真下幹也のもので、僕自身のものじゃない……）

と、静かな内省を重ねていくだけだった。

（こうして終わることも、きっと僕が終わるんじゃなくて、幹也とセピアの二人が、やっと解放されるというものなんだろう……あの二人は、彼らの魂というものがどこかにあるのだとしたら、そこで彼らは僕をどう思っているんだろうか……）

死んだらどこに行くのか。

それはメザニーンが生まれるその根元となった問いかけであった。それを不思議に思う人々の気持ちが集まってこの能力を創った。しかしこの彼の疑問は、他のどんな人間のものとも似ていなかった。

(この漠然とした僕のことを、誰かが憶えていてくれるのだとしたら、それは僕のことなのか、それともその誰かが創ったイメージなのか……僕とそのイメージ、どちらが本物なのか、あるいはどちらも偽物《にせもの》なのか……みんなは、どうなんだろう……?)

形にもならない、あまりにも茫洋《ぼうよう》とした疑問。

それが彼の心の中にあった、最後の想念だった。やがてメザニーンの記憶が彼の精神の上をすべて覆い尽くし、消し去った。

「……っ、ふううっ——」

メザニーンは、新たな身体で呼吸を行った。奇妙な精神に惑わされたが、そんなことに気を取られている場合ではない。余裕はないのだ。

「よし、これで——」

とメザニーンはその合成人間の身体で、大きく跳躍しようとした。だが次の瞬間、その全身が、ぎしっ、と軋《きし》んで、ぶざまに転倒した。

「——な」

手をついて立ち上がろうとする。だがその腕も思うように動かない。

身体のありとあらゆるところに、異常な筋肉痛にも似た衝撃が走っていた。少しでも動かそうとすると、その部分がいきなり引き裂かれるような激痛に襲われるのだ。

「……なんだ、これは……！」

そして見えた……手のひらで、きらきらと光っているものがある。それは振り払おうとしても落ちない。肉の中に喰い込んでいた。

結晶化していた。

「ま、まさか……」

身体中に同じものがあった。全身の至るところに、それが広がっていた。

「ま、まさかこいつ……私に乗っ取られることを見越して、前もって己の身体を結晶化していたのか……?!」

痛みを無視して、無理矢理動こうとする。しかし大半の筋肉そのものがもはや動かない。いったんは立ち上がったが、すぐにまた転倒する。

這いずって行こうとする。しかし力が全然足りず、ただ虚しく地面をかるく引っ掻くことしかできない。

「ま、まずい……こんなところにいては、こんなところでぐずぐずしていたら……！」

必死で物陰に隠れようとするメザニーンだったが、しかし当然のことながら——間に合うはずもない。

その進もうとする先に、黒い影が落ちた。

そして声が掛けられた。

「——どうやら幹也くんはこの混乱を自ら終わらせることを決断したようだ。ならば後は、ぼくが引き継ごう」

囁くような声だった。

ブギーポップが立っていた。

「…………」

メザニーンは、茫然とした顔でそいつを見上げていたが、すぐに必死の力を振り絞って立ち上がり、

「——まだ、だっ……!」

と絶叫した。そして〈ストーンズ・キャスト〉能力を相手に叩き込もうとした。

だが、それは相手から離れた樹木に当たって、葉っぱや枝がきらきらと結晶化しただけだった。なんで外れて……と思ったときには、どさっ、とそれが落ちる音が響いていた。

右腕が断《き》られて、身体から離れて落ちていた。能力を発射する寸前に、既にブギーポップから伸びる細い一撃が、その根本から絶っていたのだった。

蜘蛛《くも》の糸よりもさらに細い、その絡みついてくる攻撃は、メザニーンがさらに左手で攻撃しようと考えたときにはもう、そっちも切断していた。

容赦もためらいもなく、バラバラにしていく——一瞬後には首も、胴体から離れていた。

だが――メザニーンはそのときをこそ、待っていたのだった。

相手が頭部を攻撃しようと、その眼でまっすぐにこちらの顔を、両眼を見つめてくる瞬間を。

(――もらった!)

首が斬られて、生物はどれくらい生きているものだろうか? だが少なくとも、メザニーンにとっては一瞬でも保てば充分であった。

その眼光が、ブギーポップの眼を正面から射抜く――記憶が転写されようとする。

それはいつも、写真を撮るようなものである。被写体を追いかけて、相手が決定的な瞬間になろうとする、その寸前に反応してシャッターを切る――それと同じことである。その通りにやった。

しかしそのときは、シャッターを切るとの同時に焚《た》かれたフラッシュの閃光が、被写体そのものを消してしまったかのようだった。撮ろうとしていたものが、ただの影に過ぎなかったときのように。

――すかっ、
とメザニーンの眼光は、相手の精神にまったく触れることなく、そのまますり抜けてしまった。

（え——）

そして、その眼光を放った首の方には、変化が生じだしていた。

急速に萎《しお》れていく。カラカラに干涸らびるように、ミイラになっていく——。

「……二度目だよ、それは」

黒帽子の声が、ひどく遠くから響いてくる。

「前も、それと同じことをしようとした者がいた。真下幹也に取り憑いて、ぼくを迎え撃とうとした者が——メザニーンが。そして同じように、何もないところに記憶を移そうとして、ミイラとなって果てた。心を身体から離してしまうと、身体の方は生命力を一瞬で消費し尽くしてしまうのだろうね……そうやって、そのときのぼくの仕事は終わった。そう——メザニーンは、そのときに死んでいたんだ」

何もないところ、というのはどういうことなのか。人に語りかけ、人の心を乱し、人の生命を絶つ者が〝なにもない〟とはどういう意味なのか——しかしその疑問はまったく明かされることなく、ただ通り過ぎていく。

干涸らびていく首は、その声を聞いているのかいないのか——それでも声は続く。

「君はメザニーンではなかった。その連続する精神はとっくに消えていた。君はただ、他のものに異常なほど共感し、それを言葉にできる能力を持っていて、そして死にかけていたブーメランの心の、その隙間に生まれたただの共鳴現象——虚言だったんだ」

風が鳴っていた。びょうびょうと、すべてを吹き飛ばしてしまうような大きな音がしている。

その中で黒帽子の囁きは、ほんのかすかな雑音に過ぎなかった。

「ほんとうのことは、みんな三年前に終わっていた。未来はどこにもなかった。そもそもあのイマジネーターがメザニーンを〝つまらない〟と切り捨てたのは、その能力がしょせんは過去に属するものだったからだろう。積み上げる記憶だけ残し続けて、精神の力を増大させていっても、目指すべき先がどこにもない。ずっと上と下の階のあいだの中二階に居続けるようなもの——目的地もなければ、帰るべき故郷もないんだ。中途半端……それがぼくが三年前に戦った世界の敵の姿だった。だが君はそこまでも行かない。あるべきところに戻るだけだ」

遠い。すべてが遠い。音も遠い。風も遠い。光も遠い。ただ……闇だけが近づいてくる。

「灰は灰に、塵《ちり》は塵に、そして、死は死へと戻る——それだけのことだよ」

くしゃくしゃ、と皮膚が完全に骨に貼りつくまで乾いてしまった首は、その粘着性を失って地面の上に、ころん、と倒れた。

5.

「……う……」

苦痛の中で、ぼんやりと意識が戻ってきた。

誰かが自分の肩を揺すぶっている。そして、

「おい、起きろ——大した負傷じゃないぞ。俺に比べたらな」

と声が掛けられた。その声で、メロー・イエローははっきりと意識を取り戻して、その眼を開けた。

「う——」

気絶したときのまま、墓地に倒れていたのだ。そして目の前にいて、自分を起こしてくれた男は、

「ダウン・ロデオ——」

ほんの少し前まで生命を懸けて戦っていた相手であった。

メローは眉をひそめた。彼には右眼と右耳がなくなっていた。爆発でついた火傷が顔の半分を覆っていたのだ。身体中が焼け焦げていて、それでも平然とした顔をしている。

そして、そこには敵意もない。

「おまえ——どうして」

その問いに、変わり果てたロデオはうなずいて、

「統和機構に、出頭する——報告することがある。俺たちブーメラン・チームが任務を三年掛かって果たしたということを、な」

と言った。

「…………」

メローは押し黙る。ロデオは言葉を続けた。

「そして俺を引き渡せば、おまえの任務も終わりだ。俺たちはやるべきことをやった。なんの引け目もない。正々堂々と、統和機構に向き合える——結果がどうなるかは、二の次だ」

あるいは裏切り者としてやはり処刑されるのかも知れない。それでもかまわないと、この男は言っているのだった。もう逃げはしない、と。

「…………」

メローはしばしロデオのことを見つめていたが、ふいにその視線がずれた。彼の背後に見えるものがあったのだ。

樹木の陰に半分隠れるようにして、黒い影が、突き放しているような、促しているような、ちぐはぐな左右非対称の表情を浮かべて、こっちを見つめているのだった。

そして、その影は唇をかすかに動かした。その声などは聞こえるはずもなかったのだが、なぜかメローにはその言葉が届いていた。そいつは確かに、こう言ったのだ——

〝君には、まだひとつだけ、やるべきことが残っているはずだ〟

——と。

「…………」

メローは瞬きした。すると眼を閉じたほんの一瞬のうちに、その黒い影は跡形もなく、消えていた。まるで最初からそこにはいなかったかのように。

「…………」

メローは、よろよろと立ち上がった。ロデオがそんな彼女の様子に「どうした？」と訊いてきたが、それにも答えず、辺りに力のない視線をさまよわせた後で、呟いた。

「……睦美――」

＊

彼女は焦っていた。

彼女は震えていた。

彼女は泣いていた。

そして、彼女はその手を必死で、親友の胸の上で動かしていた。それは二年前の臨海学校で習った救命処置の動作だった。

両手を重ねて、胸の中央を力一杯押す、一定の間隔で、何度も何度も押す。それを繰り返す

――反応があるまで。

その反応がない。

「ううう、ううう……！」

両眼からは涙がぼろぼろこぼれ落ちているが、一度も拭っていない。ぽたぽたと親友の顔の上に液体が垂れていて、まるで彼女の方が泣いているみたいにも見えるが、その表情はぴくりとも動かないままだ。

「なんで、なんで、なんでよ……！　なんであんたの方なのよ……！」

睦美は、ずっと時枝の停まってしまった心臓にマッサージを繰り返し、人工呼吸をしていたが、時枝は息を吹き返しはしなかった。

こんな馬鹿なことはない、と睦美は目の前の状況を信じなかった。この親友は、自分よりもずっと才能があって、優しくて、生きていく価値があるはずの人間だった。それがどうして、倒れているのが自分ではなく、彼女の方なのだろう？

「わかんない、わかんないよ、こんなことってないよ、あっちゃいけないわよ、だめよ、だめだって、うそよ、こんなのうそよ、まちがってるわ、いけないわ……」

睦美の口から意味のない言葉が無駄に漏れだしている。しかし時枝の唇からは、一切の呼吸が出てこないのだった。

「いや、いやよ、いやだわ、いやだったら……！」

睦美の悲痛な声が墓地の中に響いたとき、傷ついたメロー・イエローがよろめきながら、その場に戻ってきた。

「…………」

彼女も、一目で状況を理解した。ふう、と深い息をひとつ吐いて、睦美の横にやってくる。

そして、どこか投げやりな口調で、

「あー、どーしたもんかな……」

と言った。睦美が顔を上げる。メローはうなずいて、

「わかってる。あたしは、あんたと約束した。確かにした――でも、それが正しいことなのかどうか、あたしにはわかんねー……」

と、なんだか見当外れなことを言い出した。首を左右に振りながら、

「そうとも、約束したんだよな……なんでもひとつだけ、願い事を叶えてやるって――そいつは間違いない。だがあたしには、それが良いことなのかどうか自信がない――でも」

彼女は、ほとんどボロボロに焼け落ちてしまっているコートの、かろうじて無事な襟元《えりもと》の裏の部分に手を伸ばして、そこにあった隠しポケットから何かを取り出した。

「あんたが今、望んでいることはひとつしかない――だから、やるしかない」

彼女の手の中にあるのは、小さな透明の、薬品アンプルだった。スプーキーEからもらった〝合成促進剤〟と呼ばれる特殊な液体が入っている。

「え――」

茫然としている睦美を押しのけて、メローはそのアンプルを、ぱきっ、と折って開封した。

そしてそこに空気で、見えない注入針を形成させると、一気に腕を時枝の胸元に向かって振り下ろした。

どすっ、という大きな音と共に、時枝の胸の奥に——心臓にその液体が撃ち込まれた。

反応は劇的だった。

びくん、とそれまでまったく動かなかった時枝の身体が大きく反り返り、跳ね上がった。

そして——その全身から、まばゆい閃光と共にほとばしり出たのは、高圧電流のみが生じさせるスパークだった。まるで落雷を受けているような状態で、しかし彼女の身体には傷ひとつない——血管が浮かび上がり、それらが脈動していた。さっき睦美が彼女の上にこぼしていた涙の跡が、じゅっ、と音を立てて蒸発し瞬時に消えてなくなる。

「……え、え？」

眼を見開いている睦美に、メローの少し悲しそうな声が聞こえた。

「能力の合成に成功したな——しかも、滅多にない電気制御のタイプだ。その上に、相当に強力な電圧を生み出せるみたい……大当たりだね」

「と、時枝——？」

「もう小守時枝じゃない」

そのメローの声には、ぞっとするほどに冷たい響きがあった。

「別の名前が付いて、別の人生を送ることになる——統和機構の戦闘用合成人間として」

そのとき全身から電撃を放っていた少女の両眼が、かっ、と開いた。

?

Question

10

『正解ってなんですか？』

（ヒント）…………。

(…………)

あれから一年が過ぎた。

私は、何事もなかったように大学に進学して、新しい環境で平凡な人生を過ごしていた。

それはひどく手応えのない、すかすかで空っぽな日々だった。

空いた時間を作りたくなくて、講義には全部出て、休み時間には新しい友人と中身のない会話をし続けて、彼女たちから誘われる遊びにも付き合って、それでも時間がなんか余るので、週末にはカフェでバイトまでして、それでもやっぱり、時々は窓の外をぼんやりと見つめていて、こんな風に思っている――

あの空に、メロー・イエローが浮かんでいるんじゃないか、と。

(…………)

結局、あれから私はメロー・イエローに一度も会ったことはない。あれっきりだった。一人取り残されてしまった形の私は、しばらく放心状態だった。どうしていいのかわからなかったが、悩む必要は全然なかったのだ。どうせどうにかできることなんか何もなかったのだから。

時枝の家には、あの後で何度か行ってみたのだが、その日の内にどこかに引っ越したとかいって、誰もいなくなっていた。時枝のお父さんもお母さんも、小守家の人はみんな消えてしまった。あるいはあの一家は、娘のために統和機構とかいうところと、何らかの取引をしたのかも知れない。今までとはまったく別の場所に住んで、別の仕事に就いて、新生活に入ってしまったのかも、と思っても、それがどんなものなのか私には当然、わかるはずがない。時枝が行くはずだった大学には、小守時枝は入学しないという手続きがいつの間にか取られていたので、私はそこで完全に、彼女の足取りを追うための手掛かりを失ってしまった。

真下幹也は——彼はただ、彼だけが消えてしまった。行方不明のままだ。後の始末などを一切していないので、混乱がそのまま残っているが、私は彼とは、考えてみれば社会的にはただ中学時代の同級生というだけのことだったので、彼の行方を知らないかと誰かが訊きに来るということもなかった。そして私が何かを言ってあげようにも、何もわからないのだった。

（…………）

ふたたび春が来て、私は正月には帰省しなかったので、一年ぶりにこの街に帰ってきていた。

そして——私は理由もなく、あの坂を登っている。

私たちがメローと初めて出会った、あの鉄塔のある場所に。

近くの停留所までバスで行き、そこからは歩いてきていた。去年と同じように。

山に半分入りかけ、というような場所で、路面が上がったり下がったりしているのは同じだったが、特に何もなかったはずの周囲はかなり様変わりしていた。大きな複合施設の建物が出来ていて、それを囲むように小さな店もいくつか建てられていた。ぽつんぽつん、とそこかしこに散らばっていた倉庫のような建物も、同じものなのに小綺麗な印象に変わっている。バスの待機所も別の場所に移ったらしくなくなっていた。かつての、なんだか閑散としている雰囲気は消えていた。これから規模が大きくなっていこうとしているのか、それともやっぱり寂れてしまうのか曖昧な時期のように見えた。

「…………」

でも、やっぱり私がその鉄塔のところに辿り着いたとき、それがいきなり地面から突き出したように見えたのは、前とまったく同じだった。

しかしそこで、私は我が眼を疑うものを見つけた。

鉄塔の下に、誰かがいた。

その人は、カメラを持って撮影をしていた。鉄塔を色々な角度から、何度も何度も撮っている。

去年、私たちがこの場所に来たのも、時枝が撮影した写真がきっかけだった——それと同じような感じで、その人は鉄塔に向かってシャッターを切っている……。

「あ、あの……!」

私は思わず、声を掛けていた。するとその人は、びっくりしたようにこっちを向いた。

男の人だった。

そして私は、またしても我が眼を疑った。信じられない、というよりも、そんな馬鹿な、という想いが頭に充満した。

「な、なんで――」

と私が甲高い声を出してしまったとき、向こうも気づいたようで、

「あれ？　館川か？」

と間抜けな調子で言ったので、私は何故か、すごく腹が立って、

「なんであんたがいるのよ、この――」

相手を指差して、怒鳴りつける。かつてのクラスメートで、そして私がとうとう告白し損ねた彼を、

「竹田啓司！」

なぜか、フルネームで呼んでいた。

「な、なんだよ――」

一年ぶりに見る彼は、なんだかずいぶんとガキっぽく見えた。それは彼が変わっていなかったからで、私の方がずいぶんと――きっと薄汚れてしまったのだろう。

「――おまえこそ、どうしてこんなとこに来てんだよ。俺はあれだよ、仕事でこういう鉄骨の写真がいるんで、それで」

「相変わらず、デザイナーの仕事が忙しいって？」

「デザイナーっつーか、まだアシスタントだけど。だからとにかく素材を集めてこいって先生にいわれて」

「うわ、なにそれ、業界用語？　相変わらず生意気だわぁ――」

「生意気ってなんだよ。同い歳じゃねーかよ。女子大生だろ、そっちも」

「ええそうよ。こっちだって結構忙しいんだからね。あんたは――」

と言いかけて、そして少し口ごもってから、できるだけさりげない口調で、

「――相変わらず、彼女を放っといて、泣かしてんでしょ、あの後輩の娘を」

と言った。すると竹田はみるみる渋い顔になり、

「いや、だってあっちも、今年受験だったし――でもあいつ、落ちちゃって」

と言った。私はちょっと虚をつかれて、

「宮下藤花、受験にしくじったの？」

と言ってしまった。竹田もびっくりして、

「なんであいつまでフルネームなんだよ？」

と訊き返してきた。私は適当に、

「いや、まあそれは語呂でなんとなく――じゃ、うまく行ってないの？」

とごまかした。竹田は口を尖らせて、

「そんなことはない、と思うんだがな――なあ館川、女の子ってそういうとき、どんな風に言

われたいんだ?」

と質問してきた。正直、ものすごく鬱陶《うっとう》しい問いかけである。だから、

「いや――私、落ちなかったし」

と嘘をついた。私だって本当は、第二志望の大学に行ってるのだから、入試に落ちたときのみじめさはよく知っている。

「あー、そうか、そうだよなあ……経験しないとわからないか」

竹田はため息をついた。私はふと、

「経験しても、忘れるときは忘れるわ」

そう呟いていた。

「え?」

竹田がキョトンとした顔で、私のことを見つめてきた。私は眼を逸らして、鉄塔の上の方を見上げる。

「そう……忘れてしまう――そして、自分がしてしまったはずのことさえ、わからなくなっていて――」

私は鉄塔のてっぺんを眺めながら、あのときのことを想い出していた。ツイン・シティの屋上で、四人で焼きそばを食べたときのことを。

＊

「じゃ、今日はもういいや。ブギーポップを探すのは明日にしよう」

メローはあっさりとそう言って、急にきびすを返して屋上をすたすた歩き出した。

「どこに行くの？」

時枝がとまどいながらそう訊くと、メローは、くいくい、と指を立てて、ちょっとしたアミューズメント施設でもある屋上の一角に設置された屋台を指差した。

そこは焼きそばを鉄板の上で実際に焼く、お祭りのヤツみたいな店だった。ソースが焼ける匂いが風に乗って漂《ただよ》ってきている。

「ここに来たときから、気になってたんだよね」

呑気な口調でそう言う。私はあきれて、

「あんた、さっきスパゲッティ食べたじゃない」

と言ったが、彼女はあっさりと、

「腹が減ったんだよ。育ち盛りなんで」

と言った。幹也が不思議そうに、

「君って、ほんとうに子供なのかい？」

と質問したけど、メローはそんな私たちを無視して屋台の方に行って、

「四つ」

とぶっきらぼうに注文した。ちっこい子供みたいな姿の癖に、出したのは一万円札である。店の人は少し困惑したみたいな顔で、この変な客を見つめたが、その後ろから私たちがやって来たので、ホッとした顔になって、

「はい、四つですね」

と既にパックされていた焼きそばを渡そうとしたが、ここでメローが、

「そーじゃねーよ、そこで今、焼いてるヤツをよこせ」

と言い出した。私はあわてて横から、

「ど、どれでも同じよ。いいですから、それで」

とメローを押さえながら、店の人に、あはは、と笑ってごまかした。

なんだよ、と暴れそうなメローをなだめながら、私たちは焼きそばを持って近くのベンチにおさまった。

「出来立てを喰いたかったのに」

メローはぷりぷりと怒っている。時枝がなだめるように、

「まだ温かいなら、そんなに変わりばえしないものなのよ、こういうのは」

とお姉さん風に言った。幹也もうなずいて、

「そうそう。気楽に食べるものなんだよ。肩から力を抜いてさ」

と言う。するとメローは、ふん、と鼻をかるく鳴らして、

「まあ、あんたたちがそれでいいなら、いいけどさ」

と言って、焼きそばを私たちにひとつずつ投げてよこした。

「え？　私たちのだったの？」

「そうだよ、なんで四つ買ったと思ってんだよ」

「いや……よく食べるな、って思ってたけど」

「あのなあ、あたしがこんな趣味の悪そうなもんを積極的に喰いたいわけねーだろ、ただの味見だよ。でもあんたらは、レストランでもなんも口にしなかったろ」

そう言いながら、彼女は率先して自分の焼きそばのパックを開いて、

「さあさあ、遠慮せずに」

とすすめてくる。しかたないので、私たちも割り箸《ばし》をぱきん、と割った。

もそもそ、と私たち四人はデパートの屋上で、焼きそばを食べ始める。

時刻はもう夕暮れ時で、綺麗な赤い色が空中に広がっている。

「でも、ひさしぶりに食べたけど、なかなかおいしいね」

幹也が脳天気な口調で言った。

「だいぶのびてるけどね――」

私も文句を言いつつも内心では、結構いけるなあ、と思っていた。

「私、ソース味って割と好きよ」

時枝がそう言ったので、私は少し笑って、

「ほんと時枝ってさ、スナック菓子についてる味っぽいものが好きよね。タコス味とかカレー味とかさ」

笑われたので時枝は、少しむっとして、

「いいじゃない。おいしいと思うんだから。おいしいわよね、ねぇ幹也くん？」

と横の真下に同意を求めた。

「そうだね、ハズレは少ないよね、そういうものには」

彼は無責任な調子でそう言う。本気かどうかいまいちわからない。

「あんたはなんでも、ハイハイうなずくわねえ。自分の意志を持ちなさいよ、もっと」

「睦ちゃんは少し、それ持ちすぎじゃないの？　意味もなくムキになったり、さ」

痛いところをつかれたので、私は、むむ、と口ごもってしまう。時枝と真下はそろって笑った。

するとそのとき、メローが突然、

「――こんな不条理があるか？」

と深刻な声で言ったので、私たちは彼女の方に目を向けた。

「な、なによ?」

「この麺――こんなにぐにゃぐにゃで、べたべたしちまってるのに――なんでこんなにバランスが取れてるんだよ?」

ものすごく真面目な顔をして、目の前のソース焼きそばを睨みつけている。見るともう、ほとんどパックは空になっていた。夢中で喰わないと、こんなに急になくなったりはしないだろう。

「……おいしかったの?」

「……つーか、焼きそばそのものを初めて食べたの、あんた?」

私たちがじろじろ見つめるのにも反応せず、メローは首をひねりながら、

「こんな不条理はありえない! どう考えても、こんなんでうまくなるはずがないんだが――」

と呻いている。

「パスタにはこだわりがあったのに、焼きそばには寛容《かんよう》なんだねえ」

「いや、そんなはずはないんだ。味付けだって無茶苦茶じゃねーか……」

なにがそんなに腑に落ちないのか、とにかくメローは困惑した顔をしていた。

「何事も経験ってことよ。食わず嫌いはよくないわね、うん」

私はメローが困っているのが面白くて、少し偉そうにそう言った。

時枝と幹也は、ぷっ、と吹き出し、メローはまだ、ううん、と呻いている。

そんな私たちの上を、夕焼けが照らし出している。その横から長く伸びてくる赤い色が、やたらとまぶしく見えた。

*

……まぶしかったのを、今でも憶えている。はっきりと、昨日のことのように脳裏に刻まれたままだ。

でも私はたぶん、自分が犯していたはずの罪のことは、まったく憶えていない。おぼろですらなく、欠片も残っていない。

死神が殺しに来ることもなく、放っておかれたまま――なんで私は、まだこんな風に、ふつうに生きているのだろう?

「――――」

私はぼんやりと、鉄塔を見上げていた。すると竹田が心配そうな顔で、

「――もしかして、泣いてるのか。館川」

と訊いてきた。

「泣いてないわ」

私は、投げやり気味に言いつつも、流れる涙の方は隠そうともしなかった。でも竹田はうなずいて、

「そうか——」

とそれ以上は突っ込んでこない。相変わらず、優しいのか優柔不断なのか、よくわからない男だった。私はふと思いついて、

「ねえ竹田——あんたは、ピラミッドが創られた本当の理由っていうの、知ってる?」

と訊いてみた。それは宮下藤花が言っていた言葉だった。彼女の言うことはとにかく訳がわからなかったけれど、その中でも特に意味ありげなその言葉を、なんとなく想い出したのだった。

「え?」

竹田は眼を丸くしたが、私がそれ以上は何も言わないので、やがておずおずと口を開いた。

「……ピラミッドにどんな秘密があるのか、何が隠されているのか、その辺のことはよく知らないけど、でもどうして、あんなに大きくて、重たい石でできているのか、ということはウチの事務所の先生に聞いたことがあるよ。でも……」

「でも、なんなの?」

「……館川が気に入る理由かどうか、わからないぜ」

「どういうことよ?」

「つまりさ――ピラミッドっていうのは、あの一番有名な、でっかい三角のアレが造られる前にも、王の墓は当然あったんだよ。その以前の反省をふまえて、アレはああいう風に造られたんだ、っていう――」

「反省？」

「……理由は単純なんだよ。つまりそれ以前の墓が、あまりにも盗掘に遭いまくったから――中のものを盗《ぬす》まれないように、って。それがピラミッドがでかくて重くて、訳のわからない造りになっている謎の、その答えで――形がシンプルの極みでとらえどころがないのに、入り口もわからないような複雑な内部構造になってるのはなんでかっていうのは、要するに最初っから〝盗賊《とうぞく》が混乱するように〟って――わざと不思議なように創ってあった、ってことでしかなくて」

「………」

「この答えはあまりにも簡単なんで、ピラミッドそのものの迫力に比べると、つまんないんだろう――テレビ番組とかだと、なんとなく省略されちゃうんだよな」

「………」

「でも結局は、それでも中身はほとんど盗まれちゃってるんだけどな――俺たちが謎だ謎だって騒いでいることは、実はもう何千年も前に盗賊がみんな解き明かしちゃっているんだよ――そのこと自体がもう時の彼方《かなた》に消えて、忘れ去られているんだ。そして、目的を果たせなかったピラミッドだけが、今でも残っている――」

「………」

私は無表情で、竹田の話を聞いていたが、その途中で、

「あのさ――あんた、そういう話を彼女にもしてるの」

と訊いてみた。竹田は話の腰を折られて、

「は？」

と虚をつかれた顔になった。私は、ふっ、と笑って、

「いや、なんでもないわ――別にいい。知りたくもない」

と言って、ふたたび空を見上げた。

「不思議なことは、みんなピラミッドなのかもね――他の誰かがもう先にやってるのに、私たちはそれを忘れているんだわ」

「……館川？」

竹田はとまどった顔をしていたが、少しホッとしたような様子でもあった。私の涙が止まっているのを確かめたらしい。

嫌なヤツだ。あらためてそう思った。そして、ブギーポップを知っているか、こいつに質問してみようか、と考える。

その謎、メロー・イエローがこだわっていたその問いの答えを知ることは、もう私にはなん

の意味もない。それでもしてみようか……どうせ男の子だから、噂を聞いたこともないんだろうけど。

「……ねえ、あんたは」

と言いかけて、しかし私はそこで口をつくんだ。

「なんだい?」

「……いや、なんでもない」

「変なヤツだな。いきなり訳のわからない質問をしたと思ったら、今度はそれかよ?」

竹田は苦笑している。その笑い方を見て、私は高校の時の気持ちを想い出す。そのくだけた感じで、でも真面目な芯のある笑顔がとても好きだったことを。そして、その気持ちが今も変わらないことには、話をしていて気がついていた。

でも、私はそれを言わないことにする。

私は沈黙することにした。中身のなくなったピラミッドと同じように。私の心を彼に告げたら、結果はどうあれ、少なくともすっきりはするだろう。でも言わない。

なぜかはわからない。

この疑問は、私にはきっと解けないままだろう……。

「だから、なんでもないって――」

そのとき風が吹いて、それは鉄塔の骨格のあいだを通り抜けていって、ぴうっ、と口笛のような音を立てた。

"The Pyramid in Silence" closed.

あとがき——乾いたパピルスのような

ええー、古代エジプトに生きていた人たちには今日の我々からすると不思議な論理があったという。死んだら魂が身体から離れる、というのはまあ我々と同じような感覚なのだが、そのときに、さらに二つに分かれるというのである。それは生まれたときから持っている〝生命〟と、そしてその人が生きてきた〝記憶〟のふたつで、この両方共に大切な存在であるとしていた。あのミイラというのは、その身体から抜けていったふたつの魂が戻ってきて、休む場所として必要だったのだという。よくわからない話であるが、生命と同じくらいに、生きてきたことの積み重ねを大切に扱わなければ気が済まなかった、というようなところであろうか。

誰にだって忘れられない想い出というものがある。悲しい記憶でも、嬉しい記憶でも同じことで、その経験が、今のその人にとって大きな意味があるから忘れないのだ。それがもう無意味だと他人からいくら言われようと忘れない。この段階でその記憶は単なる過去の出来事の記録ではなくなっている。その人の心によって変形させられた記憶以外には、もう外の世界にはその事実を支えるものはなにひとつないのだから、記憶だけが世界の中で、その想い出を守っていることになる。その人を支えている意味が、その人の中にある記憶の中にしかないわけで、こう考えると人間というのは想い出を守るためにだけ生きているようなものだ。嫌な想い出を消してしまいたいときに人が傷心旅行など出掛けたりするのも〝新しい想い出づくり〟のためなのだから、これにはキリがない。どんどん想い出を積み上げていって、その大半はどうでもいいこととして薄れていくのは仕方がないが、その中には忘れてはいけないこともたくさん混じっているのだろうから、どうでもいいような記憶のために、肝心のことが失われていくこともあるのだろう。でも人の心の中で支えとなるような想い出がいいものか、悪いものか、それを人は自分で判断することなんてできない。良いものであることを祈るだけだ。

古代エジプトでは、書記という仕事がなによりも重要だと考えられていた。文字を創出して、世界最古の紙パピルスを発明して、たくさんのことを記録しまくっていたらしい。しかしそれらのほぼすべては今では失われてしまった。そしてわずかに残されている記録は、皮肉なことにその大半が〝写しの写し〟で、しかもどうやら〝手習い〟のためのものらしくて文法の間違いがすごく多いのだという。たぶんうち捨てられ、忘れられたものが砂漠という乾ききって物を腐らせることのない環境の中で埋もれていたのだろう。残っているのはそれだけと言うべきか、それでも残ったのだから凄いと言うべきか――文明さえも消えてしまった後の記録には、もうなんの記憶も伴ってはいない。それが良かったものなのか悪かったものなのか、判断することもできないだろう。……諸行無常、というところであろうか。

そしてもちろん、記憶はみんなの心にある。誰かの記憶は、別の誰かとの想い出でもある。二人の中のそれぞれの記憶、それがまったく同じ印象のものであるはずもないが、そのどちらも〝よかったね〟と言えるものであれば、きっとそれは大切なものになり得るはずだ。たとえそれが世界のどこにも記録されなかったとしても、人はそのために生きているのだと思う。そこは古代エジプトの人も今の人も、きっと同じだと思うのだが。

……まあでも、人の記憶っていい加減だけどね。自分の都合のいいように変えちゃうし。その積み重ねが文明で、結局、世界ってそんなものかも知れない。以上。

(なんだか漠然としてるこの文章そのものが不正確な記録だと思うんだが)
(まあいいじゃん、というしかないな、なんか)

BGM "PICTUREQUE" by MANIC STREET PREACHERS

◉上遠野浩平著作リスト

「ブギーポップは笑わない」(電撃文庫)
「ブギーポップ・リターンズ　VSイマジネーターPart1」(同)
「ブギーポップ・リターンズ　VSイマジネーターPart2」(同)
「ブギーポップ・イン・ザ・ミラー「パンドラ」」(同)
「ブギーポップ・オーバードライブ　歪曲王」(同)
「夜明けのブギーポップ」(同)
「ブギーポップ・ミッシング　ペパーミントの魔術師」(同)
「ブギーポップ・カウントダウン　エンブリオ浸蝕」(同)
「ブギーポップ・ウィキッド　エンブリオ炎生」(同)
「ブギーポップ・パラドックス　ハートレス・レッド」(同)
「ブギーポップ・アンバランス　ホーリィ&ゴースト」(同)
「ブギーポップ・スタッカート　ジンクス・ショップへようこそ」(同)
「ブギーポップ・バウンディング　ロスト・メビウス」(同)
「ブギーポップ・イントレランス　オルフェの方舟」(同)
「ビートのディシプリン　SIDE1」(同)

「ビートのディシプリン　SIDE2」（同）
「ビートのディシプリン　SIDE3」（同）
「ビートのディシプリン　SIDE4」（同）
「冥王と獣のダンス」（同）
「機械仕掛けの蛇奇使い」（同）
「ぼくらの虚空に夜を視る」（徳間デュアル文庫）
「わたしは虚夢を月に聴く」（同）
「あなたは虚人と星に舞う」（同）
「殺竜事件」（講談社NOVELS）
「紫骸城事件」（同）
「海賊島事件」（同）
「禁涙境事件」（同）
「しずるさんと偏屈な死者たち」（富士見ミステリー文庫）
「しずるさんと底無し密室たち」（同）
「しずるさんと無言の姫君たち」（同）
「ソウルドロップの幽体研究」（祥伝社ノン・ノベル）
「メモリアノイズの流転現象」（同）
「メイズプリズンの迷宮回帰」（同）

本書に対するご意見、ご感想をお寄せください。

ファンレターあて先
〒102-8177　東京都千代田区富士見2-13-3
電撃文庫編集部
「上遠野浩平先生」係
「緒方剛志先生」係

本書は書き下ろしです。

電撃文庫

ブギーポップ・クエスチョン
沈黙《ちんもく》ピラミッド

上遠野浩平《かどのこうへい》

2008年 1 月25日　初版発行
2024年11月15日　 4 版発行

発行者　山下直久
発行　株式会社KADOKAWA
〒102-8177　東京都千代田区富士見 2-13-3
0570-002-301（ナビダイヤル）
装丁者　荻窪裕司（META＋MANIERA）
印刷　株式会社 KADOKAWA
製本　株式会社 KADOKAWA

ISBN978-4-04-867671-7　C0193　Printed in Japan

電撃文庫　https://dengekibunko.jp/

電撃文庫創刊に際して

文庫は、我が国にとどまらず、世界の書籍の流れのなかで〝小さな巨人〟としての地位を築いてきた。古今東西の名著を、廉価で手に入りやすい形で提供してきたからこそ、人は文庫を自分の師として、また青春の想い出として、語りついできたのである。

その源を、文化的にはドイツのレクラム文庫に求めるにせよ、規模の上でイギリスのペンギンブックスに求めるにせよ、いま文庫は知識人の層の多様化に従って、ますますその意義を大きくしていると言ってよい。

文庫出版の意味するものは、激動の現代のみならず将来にわたって、大きくなることはあっても、小さくなることはないだろう。

「電撃文庫」は、そのように多様化した対象に応え、歴史に耐えうる作品を収録するのはもちろん、新しい世紀を迎えるにあたって、既成の枠をこえる新鮮で強烈なアイ・オープナーたりたい。

その特異さ故に、この存在は、かつて文庫がはじめて出版世界に登場したときと、同じ戸惑いを読書人に与えるかもしれない。

しかし、〈Changing Times,Changing Publishing〉時代は変わって、出版も変わる。時を重ねるなかで、精神の糧として、心の一隅を占めるものとして、次なる文化の担い手の若者たちに確かな評価を得られると信じて、ここに「電撃文庫」を出版する。

1993年6月10日
角川歴彦